文芸社セレクション

ジョンガラリーノジョンガラリー

山本 直哉
YAMAMOTO Naoya

文芸社

目次

ジョンガラリーノジョンガラリー

1

この物語は終戦〈一九四五年夏〉から三年ほどたった頃、長野県の東条《ひがしじょう》村という山村にあった話である。終戦後の混乱期なので、なにもかもが不足していた時代であり、衣食住いずれも満たされていない。教員も不足しているので、どこの学校にも代用教員がいた。

ぼくの通っていた東条中学校にも、正規の教員免許を持っている教員は二人だけで、他は代用教員だった。中には軍隊上がりの粗暴な先生もいた。なにかにつけ生徒を叩いた。「くらすけてやる」というのが彼の常套語だった。〈以後教員の苗字に先生を付けることを略す〉

体育の宮入は、朝から酒浸りの、予科練帰りのめちゃくちゃな教員だった。「おれはな、満人を五十人殺してきた。つまり殺人鬼みてえなもんだからして、おまえらもふざけた奴はくらすけてやる〈叩きのめす〉からな。よくよく覚えておけよ」とうそぶき、体育の他には社会科も教えていた。体育の授業は、はじめに点呼を取るが、準備体操をすますと、あとは生徒に勝手に野球やサッカーをやらせるだけで、自分は教員室に戻り、たばこを吸ったり、酒を飲んだりしていた。社会科の時間もひどいものだった。生徒に教科書を順番に読ませて、「あの時、おれは知覧にいた。鹿児島の特攻隊員の訓練所だ。あと三日終戦日が遅れれば、おれも死んでいた。危ねえとこだったただ」などと、授業とは関係のない戦中の苦労話が延々と始まるので、生徒たちはみんな固まっていた。何年か前までは空軍のパイロットとして、満洲に勤務していて、中国軍と戦っていたらしい。それが突然配置換えになって内地に戻され、鹿児島の知覧に行かされたという。「知覧の飛行場を特攻機で飛び立つと、もうへえ二度とは引き返せないんだで。運良くおれは助かっただが、仲間はほとんどいなくなっただ」と打ち明け、生徒たちがどうしようもなく沈黙していると、「後は自習」と称して教室からいなくなるのだった。

戦争の話となれば、音楽の月岡も同じような事を口にしていた。「おれは憲兵隊員として哈爾浜《ハルビン》にいただがよ、そこでは捕虜を連行して、衛生研究所に送り込み、おれは人殺しはしていねえが、研究所の施設内で、日本人の研究者が人殺しをしているのを目の前で見ていた。いやがる丸太の皮をむき、硫酸の入った浴槽に落とすのも見た。生きたまま内臓を抜かれた丸太が、痛い、痛いと泣くのも……。見ているだけで寒気がして怖かっただが、何度も見ているうちに慣れてしまっただで」。「丸太」とは、中国人やロシア人などの「捕虜」のことだった。

月岡が日本軍の軍服を着ていることも、宮入と共通していた。終戦直後の衣類の乏しい時代だったので、軍隊帰りの人は軍服を着ている場合があり、別に不自然ではない。服装のことと言えば、英語科の児玉と担任の坂田は詰め襟の学生服を着ていた。二人とも東京の大学の夜間に通学しているらしい。正式の教員資格を取得するためだった。だから、二人とも、土日と長い休暇中は東条《ひがしじょう》にはいない。

国語科の上野だけは教員免許があるらしく、いつも明治時代の作家のような袴を着て、カンカン帽をかぶり、肩で風を切って歩いていた。彼はひどい近眼で、眼鏡のレンズがビール瓶の底のように厚くて、少し渦を巻いていた。その眼鏡を掛けていても、よく見えないのか、直線的に歩き、曲がり角では柱や電柱に衝突したりしていた。それどころか、校内の廊下を通る時にも、世の中の苦悩をひとりで背負っているかのような顔付きで、彼にぶつかった生徒が挨拶をしても、黙ってやりすごす。だから、彼を見かけると、生徒は用心して、脇道によけた。廊下の場合には、側壁にへばりついて、彼に当たらないようにした。授業には、芥川龍之介の「河童」とか「羅生門」などを使い、彼が朗読するのを生徒に書き取らせた。一節を三度読み上げ、難語は黒板に書き出して生徒に示した。それでも分からない文字があるので、生徒たちはパニックになった。「普段から読書している者は、楽々書ける言葉だよ」と上野は言った。「これが書き取れない者は、国語の力がないということだな。よって、評価は丙以下だ」。当時は、成績が甲・乙・丙・丁で評価されていた。生徒はそれを聞き、びびっていた。質問する生徒がいても、彼は無視している。

ちなみに児玉の英語はテープによる読み取り授業だった。それはＡＢＣに始まり、Ｚまで行くと、生徒に暗唱させる。それが終わると、Ａの付く単語を生徒に言わせる。アップルとかブックとか、カップなどと挙げさせ、それをノートに書き取らせる。最後に、英語の歌をテープで流し、その意味を説明する。歌詞を黒板に書き出して、書写させる。宿題は、その歌の歌詞の暗唱だった。

音楽と芸術の月岡と、数学と理科、それにクラス担任でもある坂田については、後でまた詳しく紹介することにする。

山の中腹にあるぼくの家からは、窓越しに北アルプスの山脈《やまなみ》が見え、その東手前には戸隠・飯縄・妙高・斑尾・黒姫などの、いわゆる〈北信五岳〉が目にはいる。ぼくは窓辺に寄り、朝日や夕日を浴びて、ピンクや紫に輝く山々をぼんやりと眺めるのが楽しみだった。今は長野市の一部になっているが、ぼくが中学生になったばかりの頃、ほかの町の学校から転校してきた時には、そこは東条《ひがしじょう》村といい、真田十万石の城下町・松代の隣にあった。平坦な都会から急にこの山村へ越してきたので、ぼくの目線が上がり、見る風景はがらりと変わって珍しかった。慣れない土地に来たばかりで、寂しかったこともあり、連なる山々の姿が、ぼくの目には新鮮に映り、慰めにもなっていた。

ぼくが〈ダンケ天王〉に初めて会ったのは、その年の冬休みのことだった。級友のタダシが、牛乳を届けに彼のところへ行く途中、ぼくを誘ったのである。「面白《おもしれ》え話があるで、おめえもいっしょにダンケのとこへどうだや」

その日、ぼくは特に予定もなかったから、直ぐに家を出て、タダシの後ろについて行った。彼のお父さんは乳牛二十四頭を飼う酪農家だった。

これまでにも、白い裾長の着物をまとったダンケの姿を村の道などで時々見掛けることはあったが、実際に会って言葉を交わすのは、その日が初めてだった。

ダンケは村の大人たちからはあまり評判がよくなかった。彼はこの土地の者ではなく、いわば〈流れ者〉だったので、かなり保守的なここの気風に合わなかったばかりではなく、〈正業〉にも就いていない〈風来坊〉だったから、村人からは敬遠されていたようでもある。そうかといって、彼は物乞いではないのだが、仙人のような変わった風体で村の中をぶらつき、訳の分からない言葉をまきちらして子供たちを集め、説教めいたことをするので、大人たちはますます警戒し、彼についての悪い噂をたてて、ダンケを白い目で見ていた。しかし、噂は噂でも、ぼくの級友たちから聞く彼の噂は、大人たちのそれとは全く趣を異にしていた。

「ダンケは神様だ。普通でないことを言えるところが、ダンケの神様らしいところで、普通のことを普通にしか言えない村の大人とは違う」とタダシが言い、そばにいた女の子が、別の言葉で補った。「あの目を見れば、誰でも信じてくれるよ、ダンケが普通の人ではないということを……」

大人と子供との間にあるこの著しいギャップを、ぼくはいつかは見極めたいと思っていたので、その朝のタダシの誘いは、とても嬉しかった。

昨夜来の降雪で、辺りは一面の銀世界だった。濃紺の空に接して、遠く北アルプスの稜線が、氷山のように浮き上がって見えた。ごく近くの西条山《にしじょうやま》や狼煙山《のろしやま》、ソフト帽のような皆神山さえも、その窪みが消されていて、すっかりクリームを掛けられたようになり、いつもはむきだしの汚れた岩肌や、荒れた赤土の斜面が隠されている。天王山《てんのうやま》までの道も、五十センチほど積もった雪に埋め尽くされていた。通り馴れているはずのタダシも、その日はさすがに難儀な様子で、深みにはまって転び、雪達磨になった。捜そうにも、道は完全に消されてしまっているので、ぼくはただ彼のつけてくれた足跡をたよりに、のろのろと進むだけだった。普段ならば、せいぜいが十分ぐらいですむ距離を、三十分も掛かって歩き、ようやくダンケ小屋に辿り着いた時には、二人とも、小屋の入り口のところでへばって、息荒く倒れていた。小屋の中で、犬が吠えている。

「ベアトリーチェ」。タダシが叫んだ。

するとと、不思議に犬が鳴き止んだ。ぼくにとってのもう一つの不思議は、ベアトリーチェという洋風のしゃれた犬の名前だった。ついでながら言えば、小屋の方はそだ薪を縦に並べて藤蔓で編んだ上に、錆で赤茶けた古トタンを片流れに載せただけのもので、しゃれてはいなかった。柴の戸を叩いて、タダシが声を掛けた。「ダンケ、開けてもいいだかい」

「入れよかし」。少し嗄れた声がした。

ぼくらは、既に暗い中にいた。直ぐに白い犬がタダシの足下《あしもと》に擦り寄ってきた。よくよくそばで見ると、ベアトリーチェなどという今までに聞いたこともないほどのしゃれた名前の割には、不釣り合いでひどいガニ股の不細工なブルドック崩れの犬だった。

「これを持ってきた」

タダシが牛乳を差し出す方に、白衣の小柄な老人がいた。

「おお、ダンケシェーン」

ダンケ天王というのは、タダシのつけた渾名だった。本当の名前は誰も知らない。「ダンケ」は、彼の口癖だった。ぼくも噂には聞いていたが、こうして初めて、「ダンケシェーン」を耳にしてみて、ダンケ天王の魅力にいかれているタダシたち「信者」の気持ちが少し分かるような気がした。

敗戦の直後から、この天王山に住み着いて、もう二年が過ぎているという。

「味噌玉なんてめじゃねえや。とにかくダンケは偉いんだ。なんせ、ドイツ語が読めるし、話せるだでない（話せるからな）。音楽馬鹿のヒョウちゃんなんか足下にも及ばねえだで」。タダシは、そんな強烈なことまで言った。〈味噌玉〉と〈ヒョウちゃん〉とは、それぞれ担任と、怖い音楽教師の渾名だった。背が低く太っている坂田は、ずんどうなところが味噌玉に似ていた。ヒョウちゃんというのは、月岡の名前が「兵三」だったためだ。

目が馴れてくるにつれて、小屋の中の様子がはっきりしてきた。土間の中央に囲炉裏があり、その中で大きなトッコ〈木の根〉が燃えていた。テーブル代わりのリンゴ箱が、囲炉裏の縁に置かれ、その上には、かなり厚い本が三冊並んでいた。

「この本はダンケの愛読書らしいだ」とタダシが言った。「何でも、デカンショというドイツ人の書いた本だそうだで」

その時、ぼくには「デカンショ」の意味はわからなかったが、後に、デカルト・カント・ショーペンハウエルという三人の名前を詰めたものだと気がついた。

ダンケは、箱のそばに胡座をかき、ぼくらを手招いた。彼の背後の薄暗がりに、ベッド代わりらしい藤蔓のハンモックが、巨大な蓑虫の抜け殻のように梁からぶら下がっていた。汚れたブルドック犬が老人の股の間に入って座った。よく見ると、ベアトリーチェの目は片目で、それが囲炉裏の火を反射して、金色に燃えていた。

「汝の名は」とダンケがぼくを見た。「見かけざりし顔なるぞ」

「ナオヤと呼ばれてるだ」とタダシが答える。

「ナオヤは長すぎる」とダンケが言った。「略してナオとせよ」。彼の顔は、白髪と白髭に覆われていた。

鬼の面の付いた自在鈎に吊るされた鍋の中には、薄茶色の兎が横たわっている。

「太った兎だない（兎だねえ）」とタダシが言った。

「雪降りにても、よきことはあるものなり」。ダンケが「ケケケケケ」と笑った。雪が降ると兎が獲れやすい。食う物を探してうろつき、足跡を残すからだとタダシがぼくにささやく。

「汝らにも食わせて遣わすぞ、捕れたてなるに」

ここで気付いたことは、ダンケの言葉がこの辺のそれではなく、東京言葉でもないという点だった。古代の言葉のようでもあり、ぼくには意味が取りにくかった。

その時、屋根の雪がズリズリドドーンと滑り落ちる音がして、途端に小屋の隅で白い塊が動き、枝角のある頭部が見えた。大きな山羊だった。山羊の後ろの薄暗い梁には、五羽のチャボが置物のように止まっている。

「学校は、何如《いかん》、面白き所なりや」。ダンケが聞いた。

「全然」とタダシが答えた。

「ナオは何如に」

老人の顔がぼくの方を窺った。

「タダシと同じだに（同じです）」。少し間を置いて、ぼくが応えた。

「なれば、何故に日ごと通うや」

「それは……」。ぼくは答えに詰まった。

「親が怒るからない」とタダシが横から言った。

「さらば、親のためにのみ行くか」。ダンケの声が荒くなった。「ナオも、さなるや」

「まあ、そうだいな」。ぼくは曖昧に応えた。

「たわけもの」とダンケが叫んだ。

ベアトリーチェが、主人の顔を見上げた。

「汝らの欠点は、これに見えたるぞ」

「欠点」。ぼくは聞き返した。

「何が、いかんのかい」とタダシが、ぼくを無視して、ダンケの方を見た。

「すなわち、汝らに己なし。あたかも海原に漂う藻類のごとし。一片の信念すらもなきなり」。老人は、そこで一息入れてから続けた。「教育の頽廃によりて、かくはなり果つるぞ」

「つまり、学校が悪い」とタダシがダンケの言葉を受けて言った。

「民主教育なる流行《はや》りの病に冒されて、今や日本の子供の個性は虐殺されたりき」

「終末は近いだしな（近いのだね）。世界が目茶苦茶になるだしな」とタダシは吠えるように言った。

二人の言葉の谷間に、ぼくは落ち込んだ。よくは分からないが、ぼくらの未来が先細りに暗くなるような感じがして、寂しかった。

「やめてくれや、そんな話」と叫びたいが、そうもいかず、「十年とちょっとで、おらだち駄目になるだかや」と、ぼくはうらめしそうにそう言った。

「あきらめるだしな」。タダシがぼくに応えた。「それがおらだちの運命だでな」

ダンケは、ぼくらの方を見ながら「ケケケケケ」と少し笑った。

いぶりがちだったトッコに火が付いた。すると、小屋の中が魔法に掛かったように明るくなる。鍋の蒸気の上がりも増して、湯が煮え立ち出した。長い菜箸で、老人は兎を取り出し、タダシに手伝わせて、兎の毛を毟り始める。それから肉切り包丁で腹を割いて内臓を取り出し、頭の方から皮をはぎ、骨と肉とを分けた。鉄の串に肉を刺して、特製の汁に浸し、にんにくとコショウをたっぷりとまぶしてから、火の上にかざした。醤油や肉の焦げる匂いが漂い出した。

「汝ら、終末の来《きた》る前に、なすべき仕事なんありし」。ダンケが言った。

「なんだいや、仕事って」とタダシが真面目腐った声で尋ねる。

「すなわち、汝らの嫌う学校をば、徹底的なる改革すべきなり」

「学校をどうするだいや」

「ほかでもなし、すべて古きものをばぶち壊し、あたらしきものに変革すべし」

「本当《ほんと》かい、できるかや、そんなこと」とぼくが言い、「すったまげたなあ」とタダシが叫んだ。

「なせばなるなり、なにごとも、ならぬはただになさぬなりけり」。ダンケは、歌でも歌うような調子でそう言うと、腹の底から「ケケケケ」と笑い出し、小屋が震える。奇妙に乾いた笑いだった。その変な笑いで、ぼくはダンケの言うことも、ほとんどが冗談なのだと思い、緊張を解いた。

そして、「汝、遠慮は無用なるぞ」と勧められるままに、兎の焼き肉を食べた。

「これはうめえや」。タダシが言った。

すると、ぼくの顔をのぞき込むようにして、「何如《いかん》」とダンケが尋ねる。少しうろたえたぼくは「なかなかだいね」などと曖昧な言葉に逃げる。タダシがぼくの肩を叩いて、「これでおめえもおらだちの同志になったんだしな（なったんだな）」と言った。

「そはまことにめでたきこと」。天王が例の乾いた声で笑うと、タダシが小屋の隅から瓶を持ってきて、紙コップに白濁した液体を注いだ。「かための乾杯といかざあ」

ダンケの音頭で、三人が乾杯をする。甘くて苦いような奇妙な味だった。コップの残りを、老人はベアトリーチェにも飲ませた。ブルドック崩れが舌なめずりをする。

それから突然奇妙な「歌」をダンケが歌い出した。

「ジョンガラリー ノ、ジョンガラリー、ホーイ、ホウリツラッパノピーピー、マーデングルマーデングル、ジョーイジョーイ、シッカリカマタケワーイワーイ、パピアパピア、ジョイナラリーヤ」

すると、興奮したタダシが「ダンケシェーン」と叫んだ。「おめも仲間になるだからさ、これを覚えるだぞ。ダンケの歌は、おいら仲間の歌だで」

ぼくはただあっけにとられて黙っていた。

「とにもかくにも、終末は近きにあり」。ダンケは言った。「ゆえに、汝ら、今をば懸命に生くべきなり」

「今朝も、ためになること聞いたしなあ」と、タダシは、あから顔をますます紅潮させて言った。「ありがたくて、ええ話だ」

2

朝の浅い眠りから覚めやらぬ頃、窓の外でぼくの名を呼ぶ声がした。初めは夢の続きのような感じで、意識が眠りに負けていて、現実のことらしい生々しさがない。それから何回呼ばれたのか分からないが、ようやく起き出したぼくが二階の窓を開けて見ると、下の道に三人の人影があった。タダシの他に、タカコとアイコがいた。クラスのマドンナであるタカコに、学級長のアイコまでが立っている。ぼくは少し緊張して、なにか学校のことで自分に落ち度があったのだろうかと疑った。タダシを含めて、この三人はクラスの懲罰委員をしているからだった。

中学校では、その時分、放課前のホーム・ルームには、必ず反省会というのがあり、特に土曜日にはその一週間の総括がなされる。ある日、タカコが、反省会の席上で強烈な発言をしたことが、ぼくの記憶に残った。「誰とは言いませんが、昨日の音楽の時間に、パンツの端からチンチンを出して人に見せている男子がいましたが、それを見て喜んでいるひともいて、授業になりませんでしたから、ヒョウちゃんにクラス全員が怒られてしまいました。出したひとはもちろん一番いけませんが、見て喜んでいるひともよくないと思います。関係者は、今ここで皆に謝って下さい」

「そうでーす」

「そうでーす」。クラスメイトが声をそろえて発言をした。

ヒョウちゃんが、縁無し眼鏡の曇りを気にしながら、鷲鼻に汗をにじませて、懸命にタクトを振っている最中に、ツトムがリズムに合わせて一物を披露したのだった。斉唱の声が、尻窄《しりすぼ》みになって、とうとう数人の者が笑い出し、ことの次第が先生にもばれてしまった。

真っ青になったヒョウちゃんが、ツトムの襟首を鷲づかみにして、彼を廊下へ引きずり出し、往復ビンタを五回も食らわせた。眉間のしわが、殴る度に先生の怒りをにじませている。

それでもへこたれないのがツトムだった。殴られるごとに顔を紅潮させながらも、歯を食いしばって頑張った。ようやくヒョウちゃんの手から解放されると、隙を狙って、先生に体当たりをくらわせた。ヒョウちゃんの六尺の巨体がぐらついて、眼鏡をとばしながら横ざまに床に倒れ、教室の廊下側の窓ガラスがひどく揺れる。戸口から覗いていた生徒が、声をしのんで笑った。飢えたドラキュラに変身したヒョウちゃんは、教室に飛び込んで逃げ回るツトムを、兎を狙う狐のようにしつこく追い回した。

「今は民主主義だで」と、ツトムは逃げながら叫んだ。「学校の主人は生徒だこて」

「それがどうした」とヒョウちゃんが言い、「フン」と鼻先で少し笑った。「おめみてえな屑は、くらすけるのが一番」

「兵隊帰りの代用教員、威張るなクソ」

勝ち気なツトムだった。ヒョウちゃんは〈死に損ないの三等兵〉と自虐的に自分の戦争体験を語って聞かせることがあった。「仲間のほとんどが虫けらみたいに殺されてみろや、頭が変になるだわさ」

終戦からもう三年過ぎていたが、彼は軍服を脱がないので、ヒョウちゃんのそばに寄ると、いつも変なにおいがした。ぼくらはそれを兵隊くさいにおいなのだと理解していた。

五、六回教室の中を逃げ回ったツトムは、捕まりそうになると、五条大橋の牛若丸さながらにさっと身をかわして、机の上に飛び乗り、窓から外へとび出した。ヒョウちゃんは、それでもあきらめきれずに窓枠から身を乗り出して、怒鳴った。「おめにはな、へえ（もう）机も椅子も貸さねぞ、ミカン箱でも持ってくるだな」

これは怒った時のヒョウちゃんのわめく常套語だった。

ひどい息切れで動けなくなって窓枠にしがみついているヒョウちゃんに、コップの水を差し出したのはコウジだった。ことの意外性に打たれて、クラスのみんなが魂消てしまった。でも、物事には何か因果の関係が付いている。コウジは、先月、階段のところで悪ふざけをしていて、偶然に通り掛かったヒョウちゃんの急所を、仲間のそれと間違えてつかんでしまったのだ。夕方で薄暗かったせいもあって、コウジには間の悪さがあったのだが、とにかく、豹のように怒ったヒョウちゃんに、階段の踊り場のところで、顔が膨れ上がり目が見えなくなるほどひっぱたかれたのだった。コウジにとっては恨んでも恨みきれないヒョウちゃんのはずなのに……。

「音楽の点がもらえなくなると、おらは卒業できねえだしな（できないんだよ）」

なんと、裏には裏の意味があるもんだ。ツトムの危機は、コウジの救いだった。芒洋とした風貌の割には、彼は臆病で計算高いところもあったのだ。きっと一度の失敗が人生を狂わせかねないように思われたのだろう。そこで、九回・ツーダン・ツーアウト、起死回生、彼は挽回の機会を狙っていた。少しでも点数を上げることの出来るきっかけをつかもうと……。確かに、ホームランは無理にしても、クリーンヒットか最低でもフォアボールにはなったわけだった。以来、音楽の時間には、クラスメートのいやがっている黒板ふきの仕事を自らかってでた。羊のようにヒョウちゃんに従順にすりよって、ひたすらに媚びを売った。

コップの水の件の時には、さすがの先生も一瞬驚いたようにコウジの顔を見て、「フン」と鼻先で笑い、少し頷くとコップを謹厳な顔つきで受け取り、水を飲んだ。それから、徐ろにぼくらの方に振り返り、「さっき笑っていた者たちは前に出《い》よ《で》」と怒鳴った。タダシに続いて、フミシゲが出た。

「これだけじゃなかろうが……」。先生がまた怒鳴りつけ、「おらの目が節穴ではねえだど」と叫んで、タクトでビシビシ机を打った。カーキー色の軍服が、いくぶん震えを帯びている。

ヒョウちゃんがなぜ軍服を着ているのか、ぼくには永遠の謎だった。外出する時、彼の頭の上には、必ず戦闘帽があった。いつも眉毛の間に深い皺を作って、苦虫をかみつぶしたような顔をして歩く。〈この点では国語科の上野にひけをとらなかった〉生徒が冗談をぶちまけてみても、「フン」と鷲鼻を蠢かすだけで、笑いらしい笑いを漏らすのを見たという者はいない。「歌を忘れたカナリア」というのがあるが、ヒョウちゃんは「笑いを忘れたワライカワセミ」みたいなのだ。にらめっこ選手権に出れば、きっと優勝するとフミシゲが言っている。

「この二人を含めて、外《ほか》に数人の馬鹿がおったはずだ。出ろと言《せ》っても出ねえ以上は、クラス全体の共同責任だぞ。だによって全員減点。ツトムは破門だ。おめだちにゃあ、机も何も貸さねど。ミカン箱でも持ってくるだな。学校はな、なんしても、学問の場だでな。あばけてる（ふざけている）屑のヤクザは、一人たりともへえ（もう）いらねだ」

その時だった。学芸会でも演技派のタダシとフミシゲが、ガタンと膝を折って床に突っ伏して泣き出した。「先生、勘弁な。おらだち心から反省してるだで、今日ばかりは許してくんろや、後生だから……」。早口はフミシゲの声だった。

「助けてくれや」とタダシも、あのポパイ顔に似合わない悲壮な声で叫んだ。「お詫びに、何でもするだから、先生、許してくれや」

ぼくはタダシにホウレンソウを投げ付けてやりたいと思った。

「勘弁はしねぞ、絶対に勘弁はしね」とヒョウちゃんは、やや普段の落ち着きを取り戻し掛けていた。「全員罰として、これから校庭を十周してくるだな」

クラスの皆がひどいことになって、反省会も専らこれで持ち切りだった。だから、懲罰委員三人の顔を見た途端に、ぼくは直ぐにこのことを思い出し、事件に関わるぼくの罪状を吟味していたのだった。


「ナオヤ、なに呑気してるだや。早く降りて来《こ》んかい」とタダシが叫んだ。

二人の女子は、意外にも穏やかに笑っている。ぼくは安心して、戸口へ出て行った。

「昨日《きのう》は、ダンケ会に入ってくれてありがとう」。アイコが言った。すると、間髪を入れずにタダシが言葉を加えた。「早速で悪りいけどさ、入会金と会費を払ってもらいてえだ」

その時のポパイは、セーラーマンならぬセールスマンの顔になっていた。

「なんせかんせ、ダンケは貧乏だからない（貧乏だからね）」。タカコは明るく笑いながらそう言った。

よく聞いてみたら、入会金が千円の、月会費が百円とのことだった。都合千百円を取られる話になった。ぼくは内心「しまった」と思ったが、もう遅い。

この当時の千円は、今の金の二十倍以上の価値があったから、約二万円の出費だった。乏しいぼくの小遣いの一年分がとんでしまった。しかも、会員は、それ以外にもしなければならない義務が二つあった。ダンケ会の布教活動に参加することと、毎月百円分の花火を寄付することだった。

ぼくにはよく分からないことだった。布教の方はともかくとしても、花火の件が納得いかなかったので、アイコにそのことを尋ねてみたが、彼女にもはっきりしたことは分からないらしい。「何でも、卒業式に祝いの花火を揚げるとかだしよ」と彼女は言った。

仲間外れにはなりたくないので、ぼくはシブシブ金と花火（夏休みの残り物の花火）をタカコに渡した。

これで、無罪放免かと思っていたのは、ぼくの判断の甘さだった。これから布教活動があるので、ぼくにも出てくれということになり、今読みさしの『トム・ソーヤーの冒険』の続きに未練が残ったが、あきらめて、三人の誘いに応じることにした。

ていた。

3

諏訪神社のところには、既に十人ほどの仲間が集まり、教祖ダンケの話に耳を傾けていた。

「人の世の無常なるを知る者はここへ来れ。汝らはわが兄弟なり。しこうして、また、わが神の下部《しもべ》なり。終末の時は来たれり。汝ら、おのがじしの眼前《まなかい》に迫り来る破滅と新生の時とを知れ。滅びるものは幸なり。滅びの火の燃え盛る彼岸に、再生の世界が開かれてあればなり。さればこそ、今のこの現在を、専念に生きよ。しかる後《のち》に、新しき光の道は、汝らの眼前《まなかい》に開かれん。ダンケ、ダンケ、ダンケシェーン」

教祖ダンケの白衣の両肩には、二羽のチャボが止まっていて、直ぐ前には例のベアトリーチェという名の片目のブルドック崩れが控えて睨みをきかせ、背後には枝角の立派な山羊がぴたりとくっついていた。その山羊の角や背中にもチャボが乗っている。

若い信者たちは、やがて、タダシの打ち鳴らす団扇太鼓の後について、諏訪神社を出発し、象山神社の方へと、松代の町の表通りを進んで行った。ダンケが、いかにも威厳のある声で、「人の世の無常なるを知る者はここに来れ……」で始まる一文ずつを唱える度に、信者がそれを復唱する。タカコとアイコの甲高い声が、ぼくの両脇で響き渡る。顔を見れば、アイコはいかにも利発な少女らしく、タカコはどこまでもマドンナらしく見えたが、声の調子は同じようになっていた。そして、ぼくはといえば、ダンケのことよりも、半熟卵みたいにその場の雰囲気に同化できないで、両脇のクラスメートのことばかりに気持ちが動いていたのだった。

保健所の前まで来た時だった。ドラム缶のようにズンドウな太った男が行列の前に立ちはだかって、何か叫び出した。

「ダンケはインチキです。みんなは、決して、決して騙されないように……」

どこかで聞き覚えのある声だと思ったら、それもそのはず、担任の坂田のそれだった。

「味噌玉は、我々に干渉することなかれ。ここは学校にあらず。さらに自由なるところなるべし。信仰の自由は、これを新憲法の保障するところなり。妨害する者あらば、そは即ち憲法違反者なり」

この際の教祖の声は、鍾乳洞の中で発せられた言葉のようによく響いて、味噌玉こと坂田先生の声を圧倒していた。

「今のこの現在を、専念に生きよ。しかる後《のち》に、光の道は、汝らの眼前《まなかい》に開かれん。

ダンケ、ダンケ、ダンケシェーン」

　先頭のタダシは、ポパイのゆでだこになって、味噌玉の重圧に耐え、担任を睨み付けていた。

「東条中学校の皆さん、ダンケ教は邪教です。絶対にインチキなのです。決して、決して騙されないようにしましょう。彼は学校に対して、いわれのない偏見を持ち、学校を破壊しようと企んでいます。そして、よこしまな教えで児童生徒の心を惑わしています。皆さん、担任の私を信じて下さい。インチキの邪教に、決して、決して騙されないで下さい」

　担任も必死になっていた。「決して〜」は坂田の口癖だった。先生は、列の中にアイコを認めると、彼女に駆け寄り、腕を捕らえて哀願し始める。「あなたは級長でしょうが、頼みますよ、邪教には、決して、決して騙されないように、なんとかこの嘘まみれの泥沼から皆を救って下さい。この通りだ、お願いする。な、聞いてくれ。先生の顔を真っ直ぐに見て何か言ってくれ。な、頼む。この通りだから……」

「学校の中では先生でも、学校の外では先生ではありません。ここでの先生はシェーンだけですから」。アイコは断乎として言い切った。

　それを耳にして、ダンケは「ケケケケケ」と笑っている。

　ぼくはといえば、まだダンケのファンになって日の浅いこともあって、ダンケ信仰が凝り固まっているわけではなかったから、ダンケの説教を聞かされる時は、あまりよくは分からないながらも、なんとなく格好のいい言葉の響きに心引かれるものを感じていたが、一方、坂田がこんなに懸命になって児童生徒を守ろうとしているのにも、ついつい感動してしまい、要するに日和見的になって、コウモリのようにふらついているだけだった。

「味噌玉、帰れ。味噌小屋へ帰れ」とツトムが叫んだ。

「味噌玉、帰れ」

「味噌小屋へ帰れ」

　ツトムの声に合わせて、コウジとフミシゲがシュプレヒコールしているので、まだよく意味が分からないが、ぼくもそれに合わせた。

「味噌玉、帰れ。味噌小屋へ帰れ」

　すると、「教師は校門の外まで干渉すべからず。汝の帰るところは、学校なるぞ。立場をしかとわきまえよ」とダンケも叫んだ。

「黙れ、偽教主・シェーン、きみはデカンショの意味も、決して、決して分からぬ食わせ者だ。私の大事な生徒を帰してくれ。頼むから、決して、決してもう騙さないでくれ」

「ケケケケ、我を侮辱する者は、遠からず、神の罰をこそ受けめ。汝の今の言葉たるや、まさに偽者のそれなり。教師の偽善が、我が不幸を今にあらしめたる元凶なり。我は教師に騙されて戦いに出で、死線を越え、あまたの仲間を殺され、危うき命をながらえて、外地より細き命を引きずりて帰還せし者なるぞ。そも偽者は誰ならんか、よくよく顧みられよ。そはまさに汝ら罪深き教師なりき」

夜になって、ぼくはどうしようかといろいろ迷った末に、松代町の田町にある坂田の家へ謝りに行った。要するに、ぼくは小心者であり、かつ、仲間に対しては卑怯者だったのだ。「味噌玉帰れなんて言ってごめん。心では、泣いていたんだけんが、仲間の手前、あんなことを叫んじまっただでな」

「ナオヤ、きみひとりが悪いんでは、決して、決してないよ。ただ、ダンケというのはね」と担任は言った。「戦中に確かにひどい目にあったんだよ。それも、当時の教師に騙されて、お国のためになるからと勧められ、満洲へ行かされたのさ。終戦のどさくさに、ソ連軍に撃たれ、頭に重傷を負ったらしい。神懸かりになったのも、そのせいなんだな。シベリア送りになり、危なく凍死しそうになったりして、命からがら日本へ帰って来たんだ。かわいそうといえば、確かにそれはかわいそうなんだよ。国家に敵意を持っていて、今でも国を許せないでいるし、当時の教育、つまり学校も彼の頭の中では国家の悪の姿なんだな。凝り固まってるんだ。音楽の月岡先生とは別の意味で戦争を今に引きずっているんだね。気の毒だよな。決して、決して悪い人間ではないんだよ」

　先生のオールドファッションな丸形の黒縁眼鏡の奥の目が、その時きらりと光った。

「きみだけは先生の味方だよな、頼む、決して、決して裏切らないでくれ。そして、きみの迷える仲間たちを、なんとかあの気の毒な偽者から救ってくれよな」

　突然、ぼくはハックルベリー・フィンのことを思い出し、トム・ソーヤーの気持ちになった。結局、先生よりも仲間が大事なのだ。ぼくらにとっては、先生に睨まれることよりも、仲間に見限られることの方が重大なのだった。

　なんとか自分の不利にならないように、態度を曖昧にして、ぼくは逃げるように先生の家を抜け出した。

「決して、決して忘れるなよ、先生の言葉を」と玄関先で坂田は叫んでいる。

　表通りへ出たところで、何気なく振り返ったぼくは、道の反対側から来るアイコの姿を認めた。とっさにぼくが電柱の陰に隠れると、相手は、幸いにぼくには気付かずに、坂田邸に滑り込んでいた。

4

背負《しょ》いこに薪を付けて、前こごみに歩きながら本を読む、あの二宮金次郎（尊徳）の像が、ぼくの通っている東条中学校の校門のそばにあった。毎朝その像を見て、なぜそれがそこにあるのか、分からなかったが、思い出すのは、音楽の教師月岡兵三ことヒョウちゃんの口癖だった。彼は自慢の鷲鼻を時々蠢かしながら、眉間の皺を深くして、ぼくらによく次のような説教を垂れたものだった。「おめた（おまえたち）も、あの人を見習うだぞ。ええだか、立派な人物をしっかり頭に叩き込んで、おめたの模範として敬うだぞ。もちろん、おめたのちっぽけな頭じゃあ、あの尊徳様のどでかい頭には及ばねえだらずが、望みだけでも大きく持つだぞ。雀みてえな者が小心を抱いていては、なんせ（なにしろ）ますます小さくなるだでな。鷲のような大きな心を持つだぞ、ええだか、鷲のような志をな。及ばずながら二宮尊徳先生の心を持つだぞ」

ヒョウちゃんは、ぼくらの耳にタコができるのを喜んでいるらしく、ことあるごとに辛抱強く同じことを繰り返し言った。あまり何回も聞いていたので、ぼくらのうちの何人かは、一字一句も漏らすことなく、その台詞を暗誦することができるのだ。物真似のうまいススムが、よくヒョウちゃんそっくりにしゃべって皆を笑わせたほどだ。

ある時、フミシゲがヒョウちゃんをからかうつもりで、次のように聞いたことがあった。

「でも、先生、金次郎さんはいつの人だい」

さすがの先生も、そこで少し詰まったようだった。

「確か、江戸時代の人だで」とヒョウちゃんは言った。「おめさん、何か文句あるだか」

「文句はねえけどさ」。フミシゲは言った。「現代には流行《はや》らねえやな、もうへえ」

ヒョウちゃんは教壇に硬直して立ち、カーキ色の軍服の背中を棒のように張った。

「おめえ、生意気《なまこく》言うでねえだぞ、チュンチュン雀のくせして、金次郎様をば馬鹿にしおって……」

「馬鹿になんかしねえがさ、江戸と今じゃあ時代が違うじゃねえかや、時代が」

「じゃあ、なにかい、おめえは昔と今で、人の心は違うとでも言《せ》うだか」。ヒョウちゃんの眼鏡越しの目付きが鋭くなった。

そこで、フミシゲは少し躊躇する風を見せたが、一息つくとまた錐のような言葉を吐き出していた。「心が時代によって違うわけもねえだがさ、全く同じだとも言えねえだで」

「なにを……」。ヒョウちゃんの声が震えを帯びた。「生意気言《なまこく》うでねえだ、フミシゲ」

教室の中が、舞台の幕開けの時のように静かになった。

「だいたい、おめたのように、なにもしねえで、しかも目的もなくタラタラ生きてるボウフラみてえなもんとは比較にならねえだど。金次郎様はだな、家が貧しいだからして、働かなくちゃならねえだで、やくやく（わざわざ）山奥から薪をば切り出して、担いで帰るだでよ。それも、ただじゃあ帰らねえだ。本を読みながら勉強してるだでな。働きつつ学ぶ、そりゃあもうてえへんな偉いお人なんだで……」

ぼくは下を向いて、床板の節穴を無意味に見詰めていた。

「先生の言う通《せ》りだとしておけさ」。ツトムが珍しくゴマするようなことを言った。

「正しいのはいつも先生ってわけだいな、学校の中では……」

「学校の中では」というところにアクセントがあったので、それをよく聞いていたぼくらは、ツトムの意図を正しく推察することができた。

「どんだら時代になっても、どんだら人間であっても、大事なもんは変わらねえだ。

金次郎様はいつもおめたの模範だで、あの前をば通る時にゃ、頭垂れて行くだど。馬鹿にしたこと言《こく》う奴は、必ず罰が当たるだ。生あるもの必ず死ありと言《せ》うだが、そういう奴の死に方は、事故か、さもなくば野垂れ死にかだでな。よく耳かっぽじって覚えとくだど」

「論理的でねえなあ」とぼくは思った。「金次郎を馬鹿にすると、なぜ死に方が悪くなるだかな」。第一、〈野垂れ死に〉か〈事故死〉だというまとめが不可解だった。〈飛び込み〉や〈飛び降り〉、〈腹切り〉だってありそうなもんだった。だけど、ひとの死に様をいろいろ言うことそのものが失礼なんだとぼくは考えている。

「だけんな」。フミシゲが、また言い出した。「だけん、おら分かんねえだ。今時、薪を背負ってる奴は、どこにもおらんでえ。そんな餓鬼の姿、この東条村では、おら見たこともねえだが、誰か知ってたら教《おせ》えてくれや………」。彼は教室中を見やる。「ほらな、いねえだよ。いねえということはだ、やっぱし今の時代に合わねえということじゃねえだかや」

「正しい先生が間違ったこと言うはずねえど」。ツトムが言った。「正しくねえ先生はクビになるだからない。きっとどこかの村はずれにゃあ、まだ薪背負った遅れた餓鬼がいるんだらずに（だろうに）……」

「でもな、なぜ薪をば背負ってるだや。ガスと電気がある現代じゃあ、薪はいらねえだでな」

「黙れ、黙れ」。ヒョウちゃんが怒鳴った。「おめたにゃ、見えねえだか。薪背負った子供は今でもいるだでよ。山奥の貧しい開拓村の暮らしを馬鹿にするでねえど。電気もガスもねえとこだって必ずあるだからな」

「薪は薪でなくてもええだに」とアイコが言った。「とにかく、あの像には、働く人の姿があるわけだで、薪はその象徴だ」

「象徴か」。マサシが明るい声で言った。「天皇さんみてえなもんかや」

「そうだいな。あのダンケ天王みてえなもんだしな」。級長のアイコは、マサシの「天皇」を「天王」に置き換えて、ダンケを引き合いに出した。

「たわけめ」。ヒョウちゃんが怒鳴った。「金次郎様を、こともあろうに、あの偽者シェーンと比べるでねえだど。月とスッポン、金と土、神と鬼の差だで……。とにかく、あのインチキ野郎と金次郎様を同列に並べるのだけは許さねえだ」

「だけん、人間は皆平等だと、授業で習ったで」。マサシがヒョウちゃんに負けない大声で言った。

「マサシ、考えてみるだな、金次郎様の横に、あのインチキ教祖を置いてみろや。それこそ月とスッポン、神に鬼だで」

ヒョウちゃんの語勢に押されて、教室の中がしばらく死んだようになった。かなりの間を置いてから、コウジことコーチャンが口を出した。「先生、おら質問があるだ」

「言《せ》ってみろや」。先生は頷いた。

「それが……、おらにゃ先生の言葉の意味が、どうしても分かんねえだ」

「何が分からんのだや。シェーンは、金次郎様とは比べられねえどころか、完全に反対の人間なんだでな」

ヒョウちゃんは、次第にオクターブを上げ、ついにダンケ非難の矢を射始めた。

「奴はな、おめたをこき使って働かせ、その上会費を巻き上げてるだでな。ええか、騙されてるのは誰だか、よくよく胸に手をば当てて考えてみるこった。ダンケは口から出任せのことを言《せ》って、人の心を誑《たぶら》かしてるだけのインチキ男だでな。おめたは、あの大馬鹿者に鼻先であしらわれて、小馬鹿にされてるだけだ。ええ加減目をば覚ますだぞ。屑について歩いていると、どの道おめたも屑になっちまって、ゴミ捨て場に捨てられちまうのがオチってもんだで」。そこまで一気にまくしたててから、月岡はその偉大な鼻から「フン」と息を吐いた。

ぼくは腹が立って仕方がなかった。ぼくらが「小馬鹿」であることは認めてもいいが、ダンケを「大馬鹿」と罵られることには我慢がならなかった。

考えてみると、ヒョウちゃんがダンケをよく言わないのには、理由があった。その一つは軍隊経験から来ていた。ほぼ同年齢の二人は似たような経験をしながら、戦後の受け止め方が全く違っている。ダンケが絶対平和主義を唱えているのに対して、ヒョウちゃんは戦争不可避論を唱えていた。前者はあらゆる戦争は悪だと決めつけ、後者は戦争しなければならなくなった当時の状況を擁護しているのだ。

「殺すなかれ、と聖書にもあなり。されど戦争絶えずして無辜のひとの死屍累々たるはなんぞ。愚かなることなり」とダンケは言う。「日本は欧米の勢力の圧迫に耐えられなくなって戦争に突き進んでいっただぞ。アバケテル（ふざけている）わきゃねえんだ。殺さなけりゃあ、殺されるような時、ただ呑気になって日和見してるわけにゃあいかねえだぞ」とヒョウちゃんは言う。


奉仕活動の一環として、ぼくら「信者」は、ダンケに連れられて近くの山林に踏み込み、ケヤキの苗木を植えることがあった。その際、ダンケの頭の中には、ただ山があるだけだった。だから、それが誰の所有の山であるとか、私有・村有・町有・国有の区別はなかった。気の向くまま、足の赴くまま、禿山があれば、どこであろうと入り込んで、苗木を植えた。トラブルの起こる元は、ダンケのこの気ままさにあった。「木は気なり」とダンケは教えた。「木あらば、人は生くべき気を養い得るものなるべし。気なき所、元気なし。元気なき者は、滅びに向かうなり。万人に必需なるものは、木にして気なり。ゆえに、すべからく木を植うべし。全ての山々をして、木の緑で覆うべきなり。これわが生くる使命の一なり」

普段からダンケは、小屋の周りの菜園で野菜を作っていたが、ケヤキの苗木も育てていた。苗木は、なぜか彼の趣味でケヤキに限られていた。

天王山の麓のところに、〈池田の宮〉という神社があって、その鳥居のそばに、巨大なケヤキの木があった。ダンケは、毎朝近くの清滝という滝へミソギに出掛けることを習いとしていたが、その行き帰りに、必ずケヤキの巨木の根かたで、しばらく休むのだった。やや斜めに傾き気味に伸びた薄茶色の幹を、彼は優しく撫で、こんもりと繁った枝葉を見上げて溜息をついたりした。ぼくらも、何度かダンケについて歩き、その道々ケヤキの魅力を語る彼の言葉を聞いていた。その言葉には、飾りや陰はなかった。

春の薄緑の芽吹きの時期には、萌える命の息吹を感じ取れたし、夏の黒々とした繁みを仰げば、息苦しいほどの命の匂いを受け止めることができた。品のいい黄葉の花火と、それに続く落葉の季節の目まぐるしい変化の中には、生き物の命の灯の輝きや寂しさが感じられた。冬枯木の抽象の、引き締まって無駄のない直線の組み合わせの美しさ……。ぼくに感じられる以上に、ダンケはそれをもっと深い味わいとして受け止めていたに違いない、とぼくは信じていた。彼の心の湖には、何か言葉では言い表せないようなものが沈んでいるかのようで、時々、言い掛けていても、途中でひどく口籠もったようになり、あたかもダンケの髭の奥に言葉が引っ掛かってしまったかのようになって中断する。

「木は気だ」という言葉も、前提がなくて急に言われても実感を伴わないが、このようにダンケに連れられて神社に出掛け、ケヤキの大木の根かたに彼と並んで腰掛けた時にそう言われてみると、しみじみと心に染みて納得できるのだった。

ヒョウちゃんや味噌玉の言葉も、内容のほとんどは真面目で正しいものであるはずなのに、聞く側には、どこか白っぽいオブラートにくるまれた乾いた言葉として受け止められていた。教壇の上、教卓のそばからの声には、うさん臭くてしかつめらしい影が、その属性のように寄り添っていて、ぼくらの頭の中の自動計算機の操作は、必ずマイナスのキイを叩いてしまった。はっきり言って、ダンケの言葉は、たといその中にいく分かのまやかしがあったとしても、許されるような気がした。つまり収支決算の結果は＋なのだ。

　五月の連休のある日、ぼくらは、例によってダンケの先導で、近くの禿山を目指して登った。急な坂なので、さすがのダンケも足が縺《もつ》れたり、ひどく息切れがしたりして、得意の〈説教〉もできなくなった。その禿山は、赤土が水分を失い掛け、崩れ易くなっている。数年前に鉄砲水が出て、表層が流され、いわば皮を剝かれて肉が露出したかのような赤裸の荒地だった。まだほとんど草らしい草も生えていないところをみると、かなり酸度の強い痩せた土地らしい。

　急坂を脆い土に苦しめられながらも、ぼくらはほとんど四つん這いになって登った。二時間の余も掛けて、頂上の平らな草原に達すると、ダンケ教印の『道』という文字が白地に青で書かれたのぼり旗を振り上げながら、万歳を三唱した。もっとも、万歳とはいえ、本当のところは、「ダンケ」と叫ぶのだった。「ダンケ・ダンケ・ダンケシェーン」、いつもこれだった。

　それから、横一列に並び、手分けで持ってきたケヤキの苗木を植えながら斜面を下りだした。なぜなのか分からないが、ダンケが『ジョンガラリノジョンガラリの歌』を歌い始めた。古くからの信者であるタダシによれば、この歌はダンケの十八番なのだという。他の歌を歌うダンケを見たことがないとのことなので、それしか知らなかったのかも知れないが……。それに合わせてぼくらもその歌を歌った。

丁度半ばほど下ったところで、麓の方から誰かの怒鳴る声が上がって来た。遥か下に、カーキ色の人影が見えた。よく瞳を凝らして眺めると、何とそれは音楽教師のヒョウちゃんだった。後で分かったことだが、そこはヒョウちゃんの持ち山の一部だったのだ。

「コラー、この山へ勝手に入《へえ》るな。侵略はゆるさねえだぞ」

ヒョウちゃんの声は、谷間にこだまを呼んだ。その内容はともかくとして、こだまの響きは、とても素晴らしかった。それは、何かの音楽のようにぼくの耳を優しくくすぐった。

ダンケは、ヒョウちゃんを無視していた。ぼくらも彼に習って黙々と働いた。木を植えることが、どんなに神聖な行為なのかは分からなかったが……。

その間、ヒョウちゃんは、同じ言葉を何度も重ねて叫んでいたので、それはまるでカノンのように山や谷のこだまを蘇生させた。ぼくらはおかしくて、楽しかった。すんでのところで吹き出しそうになったが、息を止めるようにして笑いの爆発を抑えた。

「やめろ、やめろ」とヒョウちゃんが叫んだ。

「ヤメロ、ヤメロ、ヤメロ、メロ、メロ、ロ、ロ、ロ」。こだまがそれを追いかけた。

「めろめろだいな」とタダシが呟いた。

「学校と反対にさ、ここじゃあおらだちがヒョウちゃんを笑ってるだしな」とツトムが笑いながら言った。

「山も笑う」。ダンケも陽気になって、「ケケケケケ」と笑った。

「こだまにもからかわれたりしてさ」とタカコも笑った。

　上背のあるヒョウちゃんも、こうして山の上から見下ろすと、マッチ棒みたいにひどくちっぽけで貧弱だった。

「シェーン、降りろ、直ぐにおらの山から降りて失せろ」。ヒョウちゃんの声はかすれていた。

　すると、「汝の山はいずこにありや」とダンケが山の中腹に予言者のような恰好で立ち、神の声のような威厳を込めて叫んだ。

「とにかく、てめえの立ってる辺りは、おらの土地だど」。ヒョウちゃんが応じた。

「汝の土地なるもの、この世にあらざるなり。全ては神のものなるぞ」

「ほざくな、ダンケ」とヒョウちゃんが怒鳴った。「御前《われ》は他人《ひと》の権利を犯すだか」

　ダンケは、持っていた苗木を下に置き、白衣に付いた赤土を払いながら言った。

「権利なるもの、全て仮のものなり。人死して天に還らざる者なし。心して聞け。うつしよの全ては仮のものなるぞ。家も、土地も、天から借りしものなり。しかるがゆえに、死者にして全ての権利を天に返さざる者なし。この山も、天のものにして、人のものにはあらざるなり」

ぼくらは、その間も、黙々と木を植える作業を続けていた。大人の言い争いは、次第に激しさを増し、短い言葉の針で、互いを傷付け合いだした。

「インチキ野郎」とヒョウちゃんが叫んだ。

「イシアタマジャクシ」。ダンケが切り返した。

音楽の先生のことを、「頭の固いオタマジャクシ」ときめつけたのだった。言うまでもないことだが、オタマジャクシとは音符のことである。

ぼくらには、二人の声がこだまに生まれ変わるのがおかしかった。真剣に叫べば叫ぶほど、こだまは、その調子をメルヘンの世界に押し込めた。

傾斜地で中腰になっての作業は、かなりの重労働だったが、禿山を緑に変えるための仕事だと思うと、その建設的な意味の重さが、ぼくらの気分を高揚させた。端的に言えば、いいことをするのは、いい気持ちなのだった。植えながら、ぼくには、もう何年も後の林が見えた。鬱蒼たるケヤキの深林の中に、ダンケとその信者たちがいた。車座になって焚き火をし、ヤキイモを食べ、花火を上げた。空気が澄み切っていて、ぼくらの直ぐそばにリスやウサギの影が見えた。ケヤキの高い枝から枝へ飛び移るムササビの姿があり、オオルリやカケスやキツツキが鳴いている。そんな風に、ぼくの頭の中で、空想のシーンがリアルに動いた。

「人間の屑だ」。ヒョウちゃんの怒鳴る声が聞こえてきた。「屑の中の屑だ」

それに対して、ダンケは何も応えなかった。

5

ぼくは叔父さんが苦手だった。母の弟なのだが、なんとなくとっつきにくいひとだった。ある町の病院の勤務医をしているこの叔父さんには、なぜかヒョウちゃんやダンケと似た「匂い」があった。つまりそれは戦争の「匂い」だった。確かに叔父さんは、戦時中は軍医として召集され外地に派遣されていた。

今は、町外れにある総合病院に勤務しているが、週に三日だけの勤務で、なぜか専門のはずの外科ではなくて、精神科に所属していた。ほかの日は家の地下室に篭もって何かの研究に没頭しているようだった。なにを研究しているのかと母に尋ねてみたが、母にも全く分からないことだった。「とにかく変人なのよ。結婚もしないで、浮世離れしている」と母は笑った。

ぼくは年に二回ほど、母に頼まれた用事で仕方なく、この叔父の家に行った。そこは西条山《にしじょうやま》の麓にぽつんと立っているコンクリート造り二階建ての家だった。小さな丸窓がひとつあるが、あとは空気出しの太い煙突があるだけの家だったから、普通の家とは外形からして違っていた。そばには民家はなく、古い寺の藁葺き屋根と、それに続く広い墓場があり、その外れには、かなり大きな「焼き場」が見えた。「焼き場」の煙突からは時々青黒い煙が立ち上っていた。

そんな風変わりなところなので、ぼくは叔父さんの家に行かされるのがいやでたまらなかった。「焼き場」とお墓の前を通るのが気味悪かっただけではなくて、叔父さんが好きではなかったからだ。いつも叔父さんは機嫌が悪く、しかも無口だった。ぼくが挨拶しても返す言葉はなく、黙ってじろりとぼくを見る。青白く陰鬱な顔だった。ぼくもできるだけ手短に母の伝言を伝え、早々に引き揚げようとする。叔父さんは「さよなら」とも言わなかった。

ところが一度だけ、変なことがあった。叔父さんの家の前に警察車輌が二台停まっていて、警官らしい人影が出入りしていた。何かよくないことが起こっているのではないかと、ぼくは心配になり、ひとりの警官に声を掛けてみた。

「きみは、この家の子かい」と警官が聞いた。

「親戚の人間です」

「そんなら奥へ入っていいよ」

　ぼくは閉じられているドアにノックしてみたが返答がなく、しかも玄関の扉が施錠されていなかったので、黙って中へ入ってみた。どこにも叔父さんの姿がなく、薄暗く、がらんとしていた。応接間に入ってからしばらくすると、床が震えるような音がするので、黒御影で頑丈に作られた暗い地下室へ移動してみた。ひんやりした空気が下の方から流れていた。二十段ほどの薄暗い階段をそろそろと降りて行くと、窓の無い広い部屋の真ん中に大きな調理台のようなものがあった。何かマネキンみたいな形のものが、その上に横たえられていた。

　ぼくは「あっ！」と声を呑み込んでいた。てっきり叔父さんが殺されたのだと思ってしまったからだった。台の周りには警察官と白衣の数人が立っていた。床にはリノリュームが敷き詰められているので、足音もしない。辺りにはひんやりした空気が漂い、生臭い匂いがしていた。

「それは大脳ですか」と警察官らしい人が聞いた。

「否、小脳なるべし」と答える別の声がして、その声はどこかで聞いたことがあるような気がした。

「そう、間違いなく小脳だよ」。叔父さんの声がした。

ぼくは少しホッとして、息を吐いた。叔父さんは死んではいなかったのだ。

「叔父さん、こんにちは」とできるだけ明るい声で挨拶をした。自分でも不思議なほど、何だか場違いな声だった。

二人の人影が慌てて振り向いた。

「なんだ、おまえ、何しに来た」。叔父さんがぼくを睨んだ。

すると、驚いたことには、叔父さんともう一人白衣の男の姿が見え、薄暗がりをすかすように見つめると、その男はなんとあのダンケらしいのだった。

「ダンケ、なぜここに」とぼくは叫んだ。

「えっ」とダンケは絶句していた。

「天王山のダンケだよね」

「ナオか、ナオなりや」。ダンケも目を丸くしていた。「何故に汝はここに来たるや」

「知り合いなのか」と叔父さんがぼくをじろりと見た。

「この人はダンケ教の教祖だから、ぼくはその弟子なんだ」

「魂消たな、俺の甥がおまえの弟子とは」と叔父が叫んだ。

「ここで我に会いしこと、他言は無用なるぞ」とダンケは言った。

「それより、ぼくの叔父さんと何をしてるの」

「そも聞かざることとせよ」

「その通り、おまえはいっさい黙っておれ」と叔父さんがきつい口調で言った。「地下室で見たことは全部忘れろ」

　二人の前の調理台の上にあるものが見えたが、よく見るとマネキンではなく、シーツにくるまれた何か得体の知れない動物のようにも見えた。その黒い縮れた頭だけが露出している。

　すると、ぼくの視線を感じたらしく、叔父さんがあわててそれにシーツを掛けた。叔父さんとダンケの手には鋭い刃物が光っていた。何かの動物を解体していたのだろうか、とぼくは思った。調理台の背後には、ガラス張りの戸棚があり、その中に大小のガラス瓶が並んでいて、赤黒い内臓らしい物が入っていた。ガラス瓶のそばには、いくつかの髑髏が置かれていた。

「くり返してくどいが、汝は吾が秘密を目撃したるが故に、このことを口外すべからず。我と汝の叔父のことも含めて、全ては秘密なるぞ」

「ナオ、全ては幻だ。からっぽでなにもないし、意味もない。さあ、分かったら、直ぐ帰れ」と叔父さんが言った。ぼくは母からの伝言を伝え、早々に地下室をあとにした。

帰途、ぼくはいろいろ考えてみた。叔父さんはダンケとなにをしていたのだろうか、と……。動物の解剖をしていたのだろうか。それとも、……もっと恐ろしい何かをしていたのだろうか。動物の解体ならば、秘密にしなくてもすみそうに思えた。それにあの警察車輛は何なのだろうか、ぼくは謎を突きつけられていた。

6

夏休みに入ると直ぐに、先生方の研修会が東京で開かれることになり、それに合わせてダンケ教も一泊二日の合宿を計画した。親には担任名の偽の通知書をアイコが作り、事務室で父兄分を印刷してもらい、生徒が持ち帰って親をだました。

ぼくら〈信者〉はダンケについて地蔵峠（松代から上田市に抜ける道にある峠で、昔、佐久間象山も通っていたところ）までの約十三キロほどの道程を、ダンケ教印の『道』という文字が白地に青で印されたのぼり旗を振り上げながら歩いた。道々ダンケは野草の名前をぼくらに教え、そのたいていの物が食べられるのだと指摘した。ぼくらはとても驚いた。それまで注意して見たこともなかった不気味で毒々しい草が、ダンケの説明によると、美味なオヒタシになるとのことだった。竹煮草というおどろおどろしい草も、確かに毒草ではあるが、処理の仕方によっては、立派な薬草になるのだった。

「自然こそ命なれ」とダンケは白髭を右手でしごきながら言った。「無駄なき自然物は、これ全て天からの〈み恵み〉ぞ」

ぼくらは、ワラビやキノコ以外にも食べられる物が無数にあることを知った。道端に生えている泥にまみれたペンペン草も、ダンケの料理のメニューに入っている。歩きながら、頭の中でダンケは、もう食事の用意をしているらしく、彼のズダ袋の中には、折り採った草々が納められていた。その草々の中には、ぼくらにも馴染みの山芋やギョウジャニンニクから、ゼンマイやフキ、キキョウ、ウドの類いも含まれていたが、それら以外の物は、ぼくらが初めて見るような不思議な野の草だった。ぼくらは、物知りのダンケを、心の底から尊敬するようになった。

クヌギの林の中に、二つのテントを張り、十五人の信者が、男女に分かれて入った。「クヌギにはクヌギの風吹き、クヌギの匂いぞすなる」とダンケから聞かされて、ぼくもその言葉を信じたが、感覚が鈍いせいか、ぼくには風の音も匂いも、クヌギ独特のものとしては受け取れず、ただ〈ボウボウ〉と渡る風音と、新鮮な山の匂いだけが感じられただけだった。

テントでのしばらくの休憩が終わると、ぼくらは外に出た。枯木を集めてきて、林の外れの草地に穴を掘り、簡単な炉を作ると、火を熾こして飯盒や鍋を炎に掲げた。

ぼくらは、嬉しかった。その嬉しさの中味は二つあり、一つは親の〈支配〉から解放され、〈自由〉になったことだったが、もう一つはダンケの話を長い間聞いていられる点だった。

さっき集めてきた野草を、煮たりあげたりして、おかずを何種類か作り、トウモロコシ混じりの米飯を食べた。白い飯の中に、点々と黄色いモロコシが散らばっているのが嬉しくて、ぼくらは腹をカエルのように膨らまして食べた。焚き火のそばの草原の一部に、泉が湧いていて、砂混じりの水玉が、底から浮き上がり、次々に水面を盛り上げていた。ダンケはその水をホウの葉で掬っては、よく飲んだ。そして、ぼくらにも、それを飲むように勧めた。

「水は体によきものなるぞ」とダンケは言った。「さのみならず、万物のためとなりて、何ものとも争わず、高きより低きに流れ、かつまた、いかなる形にも嵌まるものなりけり」

　ぼくらも、ホウの葉を取ってきて、順番に泉の水を飲んだ。カルキ臭い水道の水より旨かった。一口飲んだだけでも、心が清められる感じがした。

「高きより降り来たりて、奢り高ぶらず、常に低きに身を処するものは、水にして、水の外にはあらざるなり。無為自然の勢いに身を任せ、無意識に動きて、他者に抗うことなし。無より出で来て、隙間なき岩にも染み入り、巌《いわお》さえ穿つものなり。これまことの無為自然の態なるべし」

「確かに」とアイコが呟いた。

「変化に流るるもの、必ず一所に止どまることなし。流るるものも、流れ尽きし時、形変えて、次なる何かにならざるものなきなり」

「雲は変化して雨になり、地上に降り注ぐだない」とタダシが言った。

「しかり、しこうして雨、川に入る。これすなわち還元の理にして、循環とも言うなり」。ダンケは言った。「釈迦、山にありてこれを見、輪廻の思想を抱きしものなり。水は無限なり。これをよく見れば、無より湧き出でて有を成すなり。無為にして万物の源となれり」

　ぼくらは、互いに顔を見合わせ、頷きながら改めて泉を覗き込んだ。底の砂を動かして噴き出す水玉の勢いに、生命の根源の形を認め、水は確かに生きていた。

「汝らも、努めて水のように生きよ。水の清らかさ、素直さ、謙虚さ、自然なるその動き、これらを以て汝らの人生の鏡とせよ」

ダンケの説教は、ぼくの心の中に、水のように染み込んだ。

「虚にして空ならず、空にして虚ならず。汝ら、無為自然に徹して生きよ」

ホトトギスの、何か心の中に鬱屈したものを吐き出すような、一種の切迫した感じのする鳴き声が、深く切れ込んだ谷間に響いていた。それを耳にしながら、クヌギ林を吹き抜ける緑の風に当たっていると、ぼくらは、無限の中に生きているような気がした。時間は動いていても、動いていないのとほとんど同義になっていたのだった。

夜になると、丸太を組んでキャンプファイヤーを作り、その燃え上がる火を取り囲んで、ぼくらは腰を下ろした。山の夜は、ブラックホールの中にいるように、分厚い暗闇が強い吸引力で物音を吸い取っていた。その魔力から逃れるために、火をたいているような気がした。丸太の表面を侵略者のように這う炎の舌の動きも神秘的だった。蒼白い煙が、螺旋状に昇り、その中に細かな黒い燃え滓が踊るように動いていた。炎の揺らめきをもろに映して、火の周りの信者の顔が輝いた。時折、火の粉が音を立ててはぜ、気紛れに赤い燠が散った。山の奥から吹き下ろす風が、突然にクヌギ林を

〈ボウボウ〉とそよがせた。

　満天の星の輝きが、嬉しかった。暗い空にちりばめられた宝玉のような星々が、よく見ていると、微かに息をついていた。「星も生きているんだ」とぼくは信じた。亡くなった人が、天に昇るという話も、息づく星が、その真実性を証しているように思えた。

「あれが蠍座、あれに見ゆるが射手座なり」

　ダンケは星にも詳しかった。

「スピカの輝きによりて判ずるに、乙女座はあれなるべし」

　北斗七星と天の川しか知らないぼくは、次々にダンケの口から出てくる星の名前に驚いた。地蔵峠の夜空は、クリスタルガラスの中のように澄んでいた。森や林のべっとりとした重い闇とは違って、空はただ黒いのではなく、やや青味を帯びていて、むしろ紺に近い色だった。

　星座にまつわる色々な物語を、ダンケは語った。神話にも触れて、ぼくのような無知な者にも分かるように説明してくれた。ギリシャ神話のことに始まり、牽牛織女の話にまで広がる。シェーンの話を聞きながら、清澄な夜空を凝視していると、なぜなのかぼくは泣けてきそうになった。別に何か具体的な悲哀のイメージ、例えば、死んだ祖母の面影が浮かんできたというようなことではなかった。悲しむべき対象を特定できない何か原初的な悲しみに打たれたのかも知れない。訳もなく、ただ涙が溢れてきて、抑えようもなかった。

「おい、おめえ泣いてるだか」とツトムにからかわれ、ぼくはあわてて唇を噛んだ。炎から咄嗟に顔を背け、相手に表情を読まれないようにしてから、煙にむせた振りをした。とにかく、家が恋しくなって泣いたのだとは、誤解されたくなかった。

「空を見詰めよ」とダンケは言った。「空は虚なるものなり。空即是色、悲哀不幸の情も、何ものかに心囚われたるがゆえに生ずる心理なり。空にして虚なる境地に至れば、心それに捕わるることなく、無為にして自然、全ては水の流るる如くに無意識の境に入れるものなり」

　率直なところ、ぼくを初め信者のほとんどの者が、このダンケの言説を全きに理解し得たとは思えなかった。もちろん、部分的には分かったので、その分かった部分をジグソーパズルの欠けた映像を繋ぐようにして、全体の意味の何パーセントかを、おぼろげにつかんだだけだった。それでも、ぼくら信者は、教祖ダンケ天王の言葉の総体を信じていた。

「把われを排すべし」。ダンケの声は、凛として響いた。「汝ら把われある者は、無為自然の境地に達することあたわず、斯界に隔たりしこと遥かなるものあらん」

「どうすりゃあええだかや」。ツトムは真剣な顔になった。

「心をして、自由自在に解き放つべし。高を置くところ、低ありて、低なるもの、高なるものに対し、劣等の意識を抱き、萎縮し果つるなり。これをこれ把われの一なりと呼び、人間本来の心に高低の差なきがゆえに、意識に拘泥することの悪しき影響の現れ出づるものなり。一度《ひとたび》無為の境地に至れば、気を把わることなきなり。美を見れば醜あり。善を置けば、悪もまた生ずるものなり。これ、頭にて思考を偏らする結果にして、すなわち空の境地に住まざるなり。わが先師、かつて我を導きて、『和光同塵の教えを守れ』とのたまえり。人生に高下優劣なし。ただおのがじしの心の宝を培み育てて、生き行くべきとなり」

「ためになる話だしな」とタダシが言い、同席の信者全員が、それをうべなっていた。

「空を見詰めよ」。ダンケは、またさっきと同じ言葉で呼び掛けた。「瑣事にかかずらわりて、悩むべからず。煩悩を抱ける者、もの皆悠久なる天空を仰ぎ見るべし。かの広漠深遠なる心もて、世俗の瑣末なる煩悩より解脱せざるべからず。これを約して、把れの心を排せとなり」

　ぼくらは、ごく自然に溜息を漏らし、ダンケに命じられた通りに、遥かな星を仰ぎ見た。〈広漠深遠〉な天空は、確かにただの穴ではなかった。青く光る星と、やや黄色味を帯びて輝く星があり、幾つかのそれら星々が近接して見えたが、実際はかなり隔たりがあるはずだった。宇宙は広大で、隣り合う星々も、それぞれに孤独なのであり、一見仲間のように見えても、個々には違った星の〈運命〉〈運行〉を持っているのだと思った。丁度それは、ぼくら〈信者〉の面々の人生に似ていた。

「汝らもおのがじし、人間の星なり」。まるでぼくの思いを吸い取ったように、ダンケが言った。「輝く星を額に掲げて、ひたすらに前進せよ。光こそ汝らが前途を燦然として照らさまほしけれ」

それからしばらくして、ぼくらは火の周りで、互いに手を取り合い、『ジョンガラリーノジョンガラリーの歌』を歌いながら踊り回った。

いつだったか、ぼくらがこの歌を教室で歌っているところを、イシアタマジャクシことヒョウちゃんに見付かった。ヒョウちゃんは顔面蒼ざめて、鷲鼻を震わしながら怒鳴った。「おめた、そんな下品な歌を歌うでねえど」

どこが下品なのかと、ぼくらはヒョウちゃんの剣幕にびっくりしながらも、訝かっていた。

「なんでだい」とツトムが聞いた。

「おめみてえな人間とは口をききたくねえだ」。ヒョウちゃんは、そうはっきり言った。

「差別するだかや」

「差別じゃねえ。区別だ」

「あーあ、先生が教え子に、そんなこと言《せ》ってもええだかい」

「ああ、ええだ、ええだ。先生はな、わんだれ（おまえたち）みてぇなこわっぱとは、立場が違うだでな。シェーンなんちゅうインチキ野郎に騙されおって、金品をば巻き上げられただけでも足らずに、へんちくりんで下品な歌まで歌わされ、他人の山でもかんでもお構いなしに這いずり込んで、汚《ごむせえ》い木を植えたりしている奴等とはな」

「ダンケを馬鹿にする者は許せねえ」とツトムは怒鳴った。

ぼくらもツトムと同じ立場だったから、アイコの発声で、また『ジョンガラリーノジョンガラリーの歌』を歌った。初めはおそるおそる、まるで三杯目の茶碗を差し出す居候のようにして歌い、直ぐに大合唱になって、教室中が割れかえるような騒ぎになった。

ヒョウちゃんは真っ青になって、拳骨を振り上げながら何か叫んだ。その声は、鋼鉄を打つ鉄工場の中で泣き咽ぶ乙女の声よりも微かだった。ヒョウちゃんの権威は、その日以来崩れ去った。ぼくらは、どこでも、いつでも、『ジョンガラリーノジョンガラリーの歌』を歌った。

「革命だ。革命だ」とタダシが叫んだ。

「そうか、学校の革命、教育革命だしな」。コウジがうわずった声で応じた。「人間、誰も皆、平等だでな」

ぼくらは、何かどえらいものを勝ち取ったような気になって、互いに握手し合ったものだった。ヒョウちゃんは、冬眠中のカエルのようにおとなしくなり、ロシア革命で追い出されたロマノフ王朝の貴族のようになった。でも、それはごく一時的なことではあったのだが。

興奮して裸になったツトムが、ススムと肩を組み合い、「ジョンガラリーノジョンガラリー」と歌うと、タダシとコウジも「ホーイホウリツラッパノピーピー」と続けた。それに合わせてアイコやタカコたち女子が、「マーデングルマーデングルジョイジョイ」と歌った。意味は分からないが、南洋の島歌のような響きが、素晴らしかった。

地蔵峠の闇に包まれた山の中にいると、ぼくは日常とは全く別の世界に迷い込んだような感じがしていた。焚き火の火はどんどん燃え、ダンケの白い着物を真っ赤に染めた。信者たちの顔も、例外ではなく、ゆでられたザリガニのようになって輝いていた。燃える火は、革命の火の手のように思えた。古いものを焼き尽くし、新しいものを生み出すエネルギー、それが火だった。だから、『ジョンガラリーノジョンガラリーの歌』は、その雰囲気にぴったりだった。ぼくらは、よく踊り、よく歌った。ダンケも、白髪を振り乱して、若者と一体になった。声が掠れるほど歌った頃、火勢も衰え、急に辺りの闇がぼくらの周囲にかぶさってきた。

「最後の打ち上げだで」とタダシが叫び、用意の仕掛け花火に火を点けた。二本のクヌギの木に仕掛けられた火薬が、次々に破裂して、夜空に火花を散らした。木の梢の先から、空に向けて最後の一発が噴き上がると、ぼくらは手を叩いて歓声を上げ、ダンケ教印ののぼり旗を振り上げながら、「ダンケ、ダンケ、ダンケシェーン」とシュプレヒコールを繰り返してから、男女分かれて、それぞれのテントに戻った。

ダンケ天王は、自分の寝袋に潜り込むと、直ぐに大イビキをかいて眠ってしまった。テントの中で男だけになると、ぼくらは下品な話をし合った。真っ暗なので、普段よりオーバーなことになり、女の子の裸についての噂をして、助平なことを口にして

〈ケッケッケッ〉と笑い合った。誰と誰とがつるんでいるとの話題になり、タカコがツトムと怪しいらしいとフミシゲが漏らすと、言われたツトムがそれを否定もしないで、〈ヘッヘッヘッ〉と笑ってごまかしたりした。ぼくらは、ヒョウちゃんと味噌玉がいつ結婚するのか、一年ごとに百円増しにして、五年分を賭けたりした。

ツトムの声が、「ヒョウちゃんは軍隊でインポになっちまったんじゃねえかや」と言った。

「そのせいで滅多やたらに怒りっぽいだでな」などと穿ったことを言う者もいた。

「インポってなんだや」とツトムに教えを乞ううぶな奴もいて、テントの中が俄然盛り上がった。

「そのうちに、アイコが味噌玉から求婚されるかも知れねえ」とタダシの声が、新聞の特ダネ情報みたいにスッパ抜く。それはぼくらにとってはかなり衝撃的なニュースになった。

「そんな証拠がどこにあるだや」とフミシゲが聞き、「確かとは言えねえがさ、夕方教室でしゃべくってるのを何度も見たから、互いにまんざらでもねえ関係なんかも」と、タダシが応える。

「中学生じゃあ、まさか結婚できねえだらず（ないだろう）」とコウジが真面目腐って言った。

「できねえことはねえ」とツトムが反論し、「小五で赤んぼを産んだ女がいるだど」と叫んだ。

「それこそ嘘っぱちさ」。ススムが断言すると、

「馬鹿だな、おめえ。やらず（やろう）と思えばな、いつでもやれるんだで」とツトムが言う。

ぼくらは、それを聞いて、頭をゲンノウで一打ちされたような気になった。

「やりてえな、おらも一発」。ツトムのませた言葉を、ぼくらはなんだか深刻なことに受け取って、夜が更け、星が動くのを知りながら、頭が冴えてなかなかまどろめなかった。静かな中で、豪快なのはダンケ天王のイビキだけだった。そこでぼくはイビキで眠れないのだと、無理にも思おうとしていた。個人的な事で言えば、叔父さんとダンケの秘密についての、あり得ないような関係が、ぼくの頭の中にぐるぐるまわっていることも睡眠妨害になっていた。「秘密だぞ」ときつく諭す叔父さんの声が記憶にこびりついていて、脳裏から離れないでいたのだった。

「起て飢えたる者よ、今ぞ日は近し。起てよ、わがはらから、暁は来ぬ……」

ダンケの声が、テントの外からぼくらに呼び掛けていた。おぼろな意識の中に、その声を聞きながら、ぼくはまだ半ば夢の中にいて、昨夜の続きのようにも錯覚していた。

しばらくすると、テントの中に煙が籠もり、信者はむせかえりながら、目を覚ました。入り口のそばに木の根がくすぶっていた。ダンケがわざとそれを投げ込んだのだった。ぼくらは泣きながら、テントを飛び出した。辺りは、濃い霧に占領され、ほんの三メートルほど先さえ、よくは見えなかった。

「『牧場の朝』みてえだいな」とタダシが言った。

ぼくは、急にヒョウちゃんの顔を思い出した。確かにタダシの言う通りで、音楽の時間に、イシアタマジャクシのタクトに合わせて歌った『牧場の朝』の歌ぴったりの情景だった。霧のベールの向こうに、一点オレンジ色の揺らめきがあるのは、ダンケの燃やす焚き火の火だった。それは、氷水の上に掛かっているシロップのように、中心はあるのに周辺部が、ひどく滲んだような橙色だった。

「いざ、闘わん、いざ、奮い立て、いざ……」

ダンケは調子よく声を上げていた。だけども、ぼくらはダンケほどテンションがあがってはいなかった。ぼくは幻の中の意識の海に漂っていた。

7

担任の味噌玉は、ぼくらのクラスの特活の時間に、よく本を読んでくれた。主に偉人の伝記で、例えばシュバイツァー・リンカーン・エジソン・野口英世などの伝記だった。ぼくらが、味噌玉の朗読をいつも楽しみにしていたのは、本の内容に興味があったことだけではなく、読む時の味噌玉の声の響きのよさを体中で受け止めたいからだった。とにかくすばらしく響きのいい声だった。〈味噌玉〉のように胴体がズンドウのせいで、共鳴がいいのだろう。時々『赤とんぼ』の歌を歌ってくれる味噌玉だったが、朗読の声も、歌に劣らず艶があって、聴いているぼくらも、いつの間にかその声の流れの中に引き込まれてしまうのだった。イシアタマジャクシこと月岡は、音楽の専任教師ではあったが、あの自慢の鷲鼻が邪魔するせいか、声が籠もっている上に、掠れがちだったので、とても味噌玉の声には及ばなかった。

とにかく、朗読の時間だけは、クラスの誰もがリラックスしていられた。急に当てられて答えに詰まり、赤恥を掻くこともなく、答えが的はずれだからといって、音楽の時間みたいに教室の後ろに立たされたり、立たされないまでも、「真夜中のふやけたアホウドリみてえな面《つら》さらして……」とか、「鰯の頭をぶち込んだ味噌汁で、その豆腐みてえな面《つら》洗って来い」とか、「人間をあきらめて動物園のチンパンジーの子分にしてもらえ」とかの嫌味を言われることもないばかりではなく、後で感想文を何字以内に書けとか、書かせないまでも、エジソンの生き方をどう思うかなどと、改まって問われる「危険」もなかった。

味噌玉のお得意は、キュリー夫人と、ペスタロッチの伝記の朗読だった。何度も読んだものらしく、ボロボロになった本を手にして、味噌玉は実に滑らかに、それを読んで聴かせた。本から目を離してぼくらの反応を観察することがしばしばだったが、その間も、味噌玉の声の途切れることがなかった点を思い出せば、味噌玉の頭の中には既に活字が正確に刻み込まれていたのかも知れない。それでも、時々、話の盛り上がったところで、急に味噌玉の声が先細りに消えてしまうことがあって、ぼくらは物語の流れから、現実の汗臭い教室に押し戻され、あわてて味噌玉の顔を見詰めると、なんと味噌玉が、そのオールドファッションな黒縁眼鏡を外して、涙を拭いていたりするのだった。その涙を拭くハンカチが、かなり汚れているのを見ると、ぼくらは味噌玉に早く面倒見のいい優しい嫁さんの来るのを心から願うのだった。

「おらだちが選んでやるかい」。休み時間になった時に、フミシゲがぼくに言った。

「うぶだからして、女に声かけられねえだでよ」

　思わずぼくもうなずいてはみたが、どう選ぶのか見当も付かなかった。

「キュリー夫人みてえな女はいねえだかや」

「いねな、まず」とツトムが言った。

「キュリー夫人はむりだとしてさ、キュウリみてえなのならば、ここに一人いるだけんが……」。タダシがタカコの方を見ながら言った。

　その時、女子は教室の隅にダンゴムシのように固まって遊んでいたので、男子の冗談は聞こえなかった。オセンコウことタカコは、まことにその渾名の通りキュウリのように細かった。

　滅多なことには、お説教を下すことのない味噌玉だったが、一度だけ口を開いて、「きみらも、ただふざけてばかりいないで、このシュバイツァー博士のように、よく学び、世界の人々の役に立つ立派な人間になるのだぞ。分かったね」と教訓を垂れたことがあって、「らしくなくて、臭い」とぼくらの評判になった。

「先生も頑張って、キュリー夫人みてえな女を嫁に取るだぞ」とフミシゲが、味噌玉の口調を真似て言った。

　そんな風に混ぜっ返されても、ヒョウちゃんとは違い、味噌玉は鷹揚だった。真ん丸お月さんのような顔を綻ばせて、少し恥じらうように、〈ヘッヘッ〉と笑っただけだった。

お説教はなくても、ペスタロッチを尊敬する味噌玉の気持ちは、ぼんやりした性質《たち》のぼくらにも、ビンビンとよく伝わった。その伝記を読む時の彼は、姿勢から表情、口調までも、急に筋金が入ったようになったので、ぼくらも思わず居ずまいをただし、少し緊張気味に構えるのだった。

味噌玉の口から、よく〈実践教育〉とか、〈体験教育〉とか、ぼくらにはよく分からない言葉が何度も飛び出してきて、ぼくらは、エアーポケットの中に落ち込んだような気分になったりした。しかし、分からないながらも、ペスタロッチを尊敬し、ペスタロッチのようになりたいと思って努力している味噌玉の熱意は、充分にぼくらクラスメートの全員に伝わっていた。ヒョウちゃんのことを悪く言う者がいても、担任を悪し様に言う者はいなかった。

クラスでは、放課後によく実験学習会というのを開いた。話し合いで、幾つかのテーマを決め、グループごとに役場だとか農場や史跡などを訪ねて、村長や場長、社務所の人などから話を聞いたり、こちらから質問したりして、いわゆる社会勉強をしたものだった。もっとくだけたことでは、例えば千曲川に皆で泳ぎに行ったり、皆神山のてっぺんまで競争で登り、味噌玉からこの山のいわれを聞いたりもした。皆神山といえば、そこに深い沼のような水溜りがあって、天然記念物に指定されている珍しいサンショウウオが住んでいるということを教えられた。ぼくらは、暗い鏡のような沼を首を伸ばすようにして覗いてみたが、いくら瞳を凝らしていても、サンショウウオらしい影を認めることができなかった。

「選ばれたひとだけが見えるんだよ」と味噌玉が言った。「心の汚れたひとには、決して、決して、見えないんだぞ」

ぼくらは、先生の常套語「決して」が出てきたのを嬉しく思い、「選ばれたひとになりたい」とも考え、いっそう真剣に水の中を見詰めた。

「駄目だしな、こりゃあ。おらだちは選ばれねえ方の側だしな、きっと」。タダシが言った。〈底なし沼〉ともいわれているので、あまり近くまでは寄れない。

見えないことが、見えることよりも、その価値を高めるものであることが分かっただけでも、ぼくらが、沼の中を見詰めた効用はあったのかも知れない。サンショウウオは、その後長く伝説的で、神秘的な生き物として、ぼくらの記憶の財産になった。

「神様みてえなものだいな」とぼくは了解していた。「目に見えねえからして、尊いのかも」

味噌玉で、ぼくが忘れられないのは、七夕の朝の大日池での水浴のことだった。七夕といっても、この地方では一月遅《ひとつき》れなので、実は八月七日の朝なのだが、夜明けを待ち兼ねるようにして、昨夜まで飾っていた七夕の飾りを竹ごと持って、ぼくは皆神山の麓にある大日池に行った。まだ、薄暗いせいか、水の色も少し黒っぽく見え、底がないかのようで、不気味だった。焦って出てきたせいで、まだ誰も来ていず、辺りは静まり返っていた。ぼくは手持ち無沙汰なので、山裾にある神社までぶらぶら歩いて行き、大日如来様に、夏休み後の学活がうまく進むように祈り、ついでに、担任のところにキュリー夫人に似た利発で優しい嫁さんが来るようにも祈った。

間もなく、アイコたち女子の甲高い声が聞こえてきたので、ぼくも池の方へ引き返して行った。いつの間にか、コウジとツトムが、既に池の中を泳いでいた。ぼくも水着になって、飛び込み、そのまま潜って行って、ツトムの後ろに迫り、急にその足をつかまえた。彼は息継ぎに失敗したらしく、いくらか水を飲んでしまい、あわてていた。

「でけえ河童かと思ったら、ナオじゃねえか」

「おらが一番乗りだど」とぼくは言った。

　やがて、味噌玉が来て、皆の持ち寄った七夕飾りをまとめて水に浸した。先生は、裸になっても、渾名の通りの味噌玉で、胴に括れというものがなく、あまつさえ、腹が突き出ていて三段になっていた。

「先生、あたいにそのおなかの肉、少し分けてや」とオセンコウが言った。身体検査の時に、校医から〈偏平胸〉だと、いつも言われて苦にしていたタカコにしてみれば、ただの冗談だけではない物言いだったのだ。

「それじゃあ、『ベニスの商人』のようにか」と担任は〈ヘッヘッ〉と笑った。

　眼鏡を外した味噌玉は、幾らか腫れぼったい細い目をしていた。彼を取り巻いて、女子たちが何やらしきりに囃し立てた。中には遠慮もなく先生のブヨブヨした体に触って喜ぶ者もいた。

　やがて、池の縁に立った味噌玉が、「見ていろよ」と叫んで、水の中に飛び込んでみせた。ほとんど腹から落ち、ひどく大袈裟に水しぶきが上がった。

「古池や味噌玉飛び込む水の音」とアイコが一句ものした。

　味噌玉の〈み〉と水の音の〈み〉が頭韻になっていると、キヌが言った。それから女の子たちも、浅瀬で水遊びを始めた。

　ぼくら男どもは、味噌玉の後について、池の深いところを、直径三十メートルほどの円周を描きながら、何度も続けて泳いだ。十回以上泳げたら、寿司を奢ると言う担任の言葉を信じて、みなよく頑張った。水そのものは生暖かく、気持ちよかったが、所々に水草が繁っていて、その上を泳ぐと、体に藻が触れて、不気味だった。潜ってみると、黒々としたモヤモヤが辺り一面に広がっていて、幽霊の髪の毛のように揺れていた。小さな魚や海老が、その水草の間で隠れん坊をしていた。

「七夕に、なぜ泳ぐだや」とコウジが泳ぎながら味噌玉に尋ねた。

「それはな、それは、ミソギだ」

「ミソギって……」

味噌玉は、息が切れた。

「ダンケの清滝打たれと同じさ」とぼくがコウジに応えた。


それで思い出したのは、寒行のことだった。ダンケは千曲川まで信者を連れて行き、一月末の大寒の最中で、気温摂氏零下十一度、岸辺が凍っているのも構わず、川の流れに飛び込んでみせた。越中ふんどしひとつの痩せた体で、かなり激しい流れに身を任せたのだった。古式泳法というので、ギクシャクとした片抜き手を披露し、時々、「エンヤコーラ」と奇妙な合の手を入れてみせた。骨っぽい貧弱なダンケの胸は、肋骨が理科標本の骨格モデルのように透けて見えそうだった。ぼくらは、見ているだけで寒くなり、足の辺りからガタガタが来た。

「潜水の術なり」。ダンケは、そう言い残して水の中に潜り、しばらく見えなくなった。四十秒ほど経った頃、潜った位置から十メートルも離れた所にある波消しの杭ん棒の辺りに浮き上がり、「シェーン」と叫びながら右手に高々と大きな魚を掲げてみせた。ぼくらは呆気にとられ、ダンケを心の底から尊敬した。その魚は、体長四十センチもある鯉だった。

「寒鯉は、めでたくして、かつまたはなはだ旨きものなり」

ダンケ小屋に帰り着くと、早速炉に大鍋を掛けて、鯉を煮た。酒と味噌に少し砂糖を加えて味付けをすると、立派な鯉こくが出来上がり、信者もその分け前にあずかった。大勢で、「旨い、旨い」と言って食べるせいもあって、その時食べた鯉こくほど旨いものはないような気がする。

「水は万物のためとなり、何ものとも争わず、常に低き所に流るるなり」

「ミソギ」の意義を説明したついでに、ダンケは「水の効用」を説いた。ぼくらには、それが不思議と素直に聞けた。ヒョウちゃんや味噌玉の説教のような「臭い」ところがなかった。

「水の如くにあれとは、水の柔なる点が、万物の堅なる部分を穿ちて、深くその内部に至るを言うなり。これすなわち無為なるものの姿なるべし。汝らも努めて水の如くにあれ。しこうして、水に親しみ、水の姿の無為なるを、水に習うべきなり。水こそ先師なれ」

ダンケの膝に顎を載せて眠っている隻眼のベアトリーチェが、夢を見たのか、体を震わせながら少し唸った。

「ありがとさんでやした。シェーンのお説教は、本当に、とてもためになる話だしな」と例によってタダシが締めくくった。

辺りがすっかり紅葉していた頃だったから、多分十月末時分のことだったと思うが、音楽の時間にヒョウちゃんと対立して、次の時間をボイコットしたことがあり、大騒ぎになった。些細なことからヒョウちゃんがツトムを殴り、それをかばったタダシまでがヒョウちゃんの逆鱗に触れ、体罰を食らうという結果になったのだった。

音楽の時間の計画表を、当番が前日までに職員室にいるヒョウちゃんまで提出し、そのチェックを受けることになっていたのだが、ツトムはそれを忘れていて、ロクな計画表も作っていなかったのだった。落ち度は確かにツトムにあったのだから、この時点でツトムが素直に謝れば、嫌味の三つも受けて終わるところだったのだが、拍子悪くツトムが不貞腐れて、謝らないどころか逆に「教案は先生が作ればいいだで、おらだちに作らせるのは教師怠慢だねえかや」と文句を言ったのだった。青鬼のようになったヒョウちゃんが、タクトでツトムの頭を叩き、それを手で払ったツトムの勢いが余って、ヒョウちゃんの自慢の縁無し眼鏡を飛ばしてしまったのだった。鷲鼻を鋭く尖らせて、ヒョウちゃんは、ツトムの首根っこを抑え、空いた方の手で、何度も哀れな囚人の頬を張り付けた。ツトムも暴れた。足で机や椅子を蹴飛ばし、イシアタマジャクシの腹にも攻撃を加えた。

「殺せ、殺せ」。ツトムはわめいた。

「暴力はやめろ。暴力教師」とタダシが叫んだ。

それが、火に油を注ぐ結果になり、ヒョウちゃんの怒りは、火山の爆発のように炸裂した。もう二宮金次郎の教訓もクソもあったものではなく、ひたすらに地獄の獄吏のように二人を懲罰した。タダシは、ヒョウちゃんのアッパーカットを顎に食らい、酔ったボウフラのようにふらつくところを、さらに拳で鼻を叩かれたからたまらない、ポパイ顔が熟し柿のようになり、ひどい鼻血まで出していた。

他の者は、手出しこそはしなかったが、口々に、「暴力反対、暴力反対」とシュプレヒコールすることによって、惨めな〈生贄〉を側面から援助した。

そこで次の日の音楽の時間には、女子を残して、十三人の男子はダンケ小屋へ逃げ、授業をボイコットしてしまった。

天王山の麓のケヤキはすっかり黄葉していて、風が吹く度に散り始めていた。ぼくらは、そのケヤキのそばを通り、細い道をダンケ小屋まで駆けた。ベアトリーチェが興奮してわめき立てていたが、ぼくらは構わず小屋の中に飛び込み、囲炉裏のそばで分厚い漢文の本を読んでいるダンケに掛け合って、しばらく匿ってくれるように頼んだ。

「汝らがよきようにせよ」。ダンケの言葉は簡潔で、落ち着いていた。

ぼくらは安心して、教祖の周りに腰を落として休んだ。

「されど、争うは、悪しきことなり。たとい、ゆえあるとも……」。しばらく間を置いてから、教祖が言った。「ものに逆らうは、水の流れに反するなり。我汝らに教えしことは、無為にして自然の姿なり。争いは、いかなる時も、避くべきなり」

「暴力を振るう相手に対して、どうすればええだい」。フミシゲが聞いた。

「なすがままに任すがよきことなり」

「殴られ損だいな、それじゃあ」

「争いは、さらなる争いを産む」

「ガンジーみたいなこと言《せ》うだない」。タダシが言った。

「さなり。ガンジーこそ、汝らが模範とすべき人物の一なり」

「殺されても、抵抗しねえだかや」とぼくは聞いた。

「ナオは如何に……」。ダンケは、ぼくに逆襲した。

「殺されるよりは、殺すさ。死んで花実が咲くものか」

それを聞いて、ダンケは「ケケケケケ」と笑った。「ガンジーは、死してなお花実を咲かしめし人ならずや」

しばらく静かにダンケの膝にへばりついていたベアトリーチェが、勢いよく戸口の方へ飛び出して行った。鋭く吠える声は、来訪者の存在を示唆していた。すわイシアタマジャクシかと、ぼくらは首をすくめ、息をつめる。

間もなく現れたのは、鷲鼻教師ではなく、担任の味噌玉だった。

「ダンケ、子供たちを返してくれ。頼むから、返してくれ」。担任は、息苦しそうに叫んだ。坂道を駆け上って来たために、呼吸がひどいことになっている。

教祖は、それには応えず、黙ったまま火搔き棒で燠を搔き回していた。

「決して、決して、たぶらかさないでくれ。世間知らずの、ほんの幼い子供たちなんだから……」

　ベアトリーチェが低くうなる。

　ダンケは、徐ろに振り向いて味噌玉の方を見た。

「言葉をば慎むべし。汝、いかなるゆえを以て我を責むるや」

「だから、子供たちを返してくれ」

「異《い》なることのたもうなかれ」。ダンケは言った。「我に関わりなきことなり。わらわべの逃亡せし訳も知らざるなり。我においてはことにはあらず。汝、何ゆえに我をばかくも責めんとするや」

「そうか、確かに、決して、決して、あなたの責任ではない」。担任は言った。「もし、気に触ったのなら、私の未熟さのせいだから許して下さい。とにかく、シェーンを尊敬しているこの子供たちに、教室へ戻るように、あなたから説得してほしい。頼みますよ、この通りですから……」

　土間に頭を擦り付けるようにして、担任がダンケに頼んでいた。うなり続けながらも、ベアトリーチェは味噌玉の周りをヨタヨタと歩き回る。

　しかし、ダンケは何も言わなかった。囲炉裏の火が赤々と燃え、炎の揺れる影が、小屋の壁に映った。岩にへばりつく蟹のように、ぼくらはじっと息を殺していた。ようやく顔を上げた担任は、べそをかきそうになった幼児のようにぼくらを見回す。「みんな、私の罪を許して、戻ってくれ。とにかく教室を抜け出すのは、決して、決して、よいことではない」。珍しいことだが、味噌玉の声がうわずりがちだった。「みんなにも意見はあるだろうが、ボイコットは、決して、決して、よくないんだよ」

「味噌玉の罪と言ったって、殴ったのはヒョウちゃんの方だで。おらだちもよくはねえだが、暴力教師はもっと悪《わり》いだねえか」とタダシが叫んだ。

「そうだ、その通りだ」。ぼくらも口々に応じた。

担任は、しばらく黙って突っ立っていたが、気を取り直したように口を開いた。

「殴られたのは、誰だい。先生の前に出て来てみろよ」

しばらく躊躇していたが、ツトムに続いてタダシも担任のそばへ進み出た。

「そうか」。担任は、二人の肩を交互に軽く叩いて聞いた。「痛かったか」

「今でもひりひりする」。ツトムが応えた。「ヒョウちゃんの手は、熊の手のようにでけえからない」

「そうか、そうか」と担任はうなずき、タダシの顔を見た。「きみも痛いのか」

「おら、へえ、痛かねえだが、悔しいだでよ」とタダシが言った。ポパイ顔が、今にも泣き出しそうに歪んでいた。「顔はなんともねえが、心が痛《いて》えだよ」

「悔しいおまえの気持ちは、先生にもよく分かる。そこで、その悔しい気持ちを拭き払うために、殴った月岡先生の代わりに、私を殴れ。いいか、決して、決して、遠慮するな。気が晴れるまで、私の頭でも顔でも、どこでも殴るんだぞ。さあ、ひるむなよ、決して」

「ひるむな」と言われても、二人とも確かにひるんでいた。何度も担任に催促され、タダシが仕方なしに、味噌玉の頭を撫でるように触った。

「だめ、だめ、タダシ、もっと強くやれ。おまえの悔しさを晴らすんだ。仇を討つ侍のようにガンと力を入れてやれ」

タダシは、とうとう泣きながら担任を殴った。五回も、六回も殴ってから、その場に泣き伏してしまう。

「泣くな、タダシ」。担任は、きわめて優しい声で言った。「男は泣かないもんだ」

それからツトムの番になると、彼はむきだしの闘志を燃やして、思い切り強く担任を張り倒した。その余りな勢いに、さすがの味噌玉も、黒縁の眼鏡を外さなければならなかった。いくらなんでもやり過ぎだと、ぼくは思ったが、誰もツトムを止めようとはしない。

ペスタロッチのような立派な教師だと、ぼくはどえらく感動してそれを見ていた。

なんだか劇でも鑑賞しているようで、嘘っぽいところもあったが、頬をつねって試してみるまでもなく、確かに現実のことなので、ぼくは二重にびっくりしてしまった。

二人に交互に殴られた担任は、顔中を真っ赤にして、ぼくらの方を照れたように〈ヘッヘッ〉と笑いながら見ると、また、土間に土下座して、叫ぶように訴えた。「みんな私が悪かった。私の教育が悪かったために、おまえたちをうまく導けなかったのだ。おまえたちのしたことは、すべて私の責任なんだ。おまえたちは、決して、決して、悪くはないんだよ。だから、謝るよ。この通りだ。な、私を許してくれ。許してくれたら、また教室に戻ってくれ。頼むよ、頼む」

担任にも矛盾したところはあった。さっき、タダシに対して「男は泣くな」と言った味噌玉なのに、今は、なんと、しゃくり上げて泣いていた。それにもたまげて、十三人の「悪童」たちも、すっかりシュンとなって、貰い泣きを漏らす者もいた。

ぼくとて、シュンとする気持ちは誰にも負けなかったが、頭の一角では、別のことを考えていた。「担任も寂しいんだな」。なんだか分からないが、味噌玉の惨めさが気の毒になった。いくらペスタロッチを尊敬しているといっても、こんなにへりくだった態度の教師では、第一権威というものがなかった。ヒョウちゃんのような短気で乱暴な権威も困るが、やはり教師は、文字通り「先師」なのだから、児童生徒に対してシャンとしたところがあってほしい、ぼくはそんな風なことを思っていたのだった。

8

めったにはないことだが、ある日叔父さんが僕の家にやって来た。

ヨレヨレになった白衣をだらしなく着て、叔父さんは青白い顔をしていた。門をくぐるなり、玄関の外から大声で、「坊主はいるか」と叔父さんは怒鳴っていた。

「何ですか、こんな朝早くに」と母が身構えていた。

ぼくは急いでとなりの部屋に隠れるようにした。わざと寝たふりをして、そっとしていたのだ。

「おまえに用があるとかだよ」と母が呼びに来たので、渋々叔父さんのそばまで出向いた。

「聞きたいことはひとつだけだ」と叔父さんが言った。

「何か」。ぼくは気のない返事をした。

「ほかでもないが、最近、おれのいる辺りを探っている奴がいる。心当たりはあるか」

「何の話なの」と母が聞いた。

「つまりだ、焼き場と寺の辺りをうろつく者がいるんだよ。それも三人組だ」

「悪党なのかな」と僕はでまかせに言った。

「なぜそう思うか」

「だって、あそこは気味悪いところだからない」

「静かでいいところだ」と叔父さんは否定した。

「それで、どんな奴らなのかい？」

「ひとりは年寄りで、二人は若い。背の高い男は、軍服に軍帽を身に着けている。まるで関東軍みたいな身なりの奴らしい。後の二人は黒っぽい綿入れ服姿のようだが、どうも日本人ではなさそうだ」

　今まで、叔父さんとこんなに言葉を交わしたことがなかったので、そのことが不思議だった。

「変な連中ね」と母が言った。「見かけたことがないから、よそ者で、与太者かも知れないね」

「ナオヤに心当たりはねえだか」と叔父さんはぼくを睨むように見つめた。

「ないよ」。そう答えてから、直ぐに背の高い男は、その服装からして、ひょっとするとヒョウちゃんなのかも……、と気が付いた。しかし、軍服姿の背の高い男は、その頃町中にいくらもいた。外国人と一緒に、叔父さんの家の近辺をぶらついているなど、およそあり得ないことなので、ぼくは黙っていた。

9

新しい年になって、卒業までの日々が実感されるようになり、嬉しいようで悲しいような、ちょっと分かりにくい気分に満たされかけた頃、中学校最後の寒中休業に入っていた。雪はあまり降らないが、さすがに寒中だけあって、連日氷点下十数度前後になり、とりわけ朝の寒さはかなりのものだった。

そんなある日、どこかで水道管が破裂したとのことで、ぼくの家にも水が来なくなり、母は食事の支度に困り、少し離れた所にある知り合いの農家から、井戸の水を分けてもらって、急場をしのいだ。バケツを両手に提げて、ぼくも水くみを手伝った。たまたまその農家というのが、英語の児玉が下宿しているところだったので、井戸端で歯磨きをしている児玉に出会った。

「グッドモーニング」とぼくは彼に声を掛けた。

「モーニング」。児玉が笑いながら返事をした。とても簡潔な答えだった。

零下十八度というのは、この辺でも滅多にはない寒さだった。

一人暮らしのダンケのことが心配になったので、朝飯をそそくさとすまし、ぼくは久し振りに天王山へ登った。冬枯木の灌木の林に囲まれたダンケ小屋は、既に麓からぼくの視界の中にあった。いつもは開いている柴の扉が、その朝は閉まったままで、ダンケ印の旗も見えず、気のせいか辺りがひっそりとしていた。

ベアトリーチェがぼくの足音に気付いて、吠え立てているところをみると、ダンケが外出している訳でもなさそうだった。教祖のあるところ、この護身犬の見えないことはなかったのだから……。

ぼくが開け放しになっている扉をくぐると、刑期の明けた囚人のように嬉しそうに胴体を振りながら片目のブルドック崩れが飛び出て来て、その勢いがものすごかったので、すんでのことでぼくは仰向けに倒れるところだった。

「ダンケ」

よろめきながらも、踏ん張ってバランスを取り戻すと、ぼくは暗い小屋の奥へ呼び掛け、一歩中へ踏み込んだ。目が暗さに慣れ、ぼくは籐弦のハンモックの中で蓑虫のように布団に潜り込んでいるダンケを認めた。

「ダンケ」。ぼくの声は、微かにうわずっていた。

「おお、ナオか」とダンケは、か細い声で応えた。

普段は、早朝から起き出して清滝でミソギをするほどに元気なダンケが、珍しく床から離れないでいた。

「どこか具合悪いだか」

ぼくの問いには応えず、教祖は掛け布団の下から、日焼けして黒い手を差し延べた。

ぼくは、布団のそばににじり寄った。

「手を、手を貸せ、ナオ」

ぼくは、湿ったダンケの手を握り締めた。熱があるのか、かなり熱い。

「我が命は、ここに尽きぬ。天の招くは、幸いにして、喜ぶべきことなり」。ダンケの口調こそ弱々しかったが、言葉の輪郭の確かさはいつもの通りだった。

「どこか苦しいかや」

「苦しからず。ただ、痒きに耐えざるのみ」

「のみに刺されたかい」

「のみにあらざるなり、インキンに罹かりつるなり」

「なんだって」とぼくは言った。「インチキになったのかや、やっぱり」

「フン、インチキ野郎に騙されるんじゃねえど」とダンケを批判していたイシアタマジャクシの言葉をぼくは思い出す。そういえば味噌玉もダンケを「食わせ者なんだよ」と言っていたのだ。

「たわけ、インチキにあらず。インキンなるぞ」。ダンケは、せいいっぱいの声を張り上げて言った。「薬をたもれ。痒きに耐えず」

ぼくには、ダンケの言うことが、はっきりとは理解できなかった。しかし、彼のために役立つことがあれば、何でもしようと思った。

「山から取ってきた薬はねえだかや」とぼくは尋ねた。

「全ては既に尽きにけり」。ダンケが応えた。「冬なれば新たには得べからざるなり」

「そんなら、どこへ行けばいいだかね」

「病院、もしくは、薬屋」。ダンケが言った。「されど、よくよくおもんぱかれば、値《あたい》高くして薬屋不可なり。一計を案ずるに、汝、病になりて、病院へ行け。しこうして、医師《くすし》の与えし薬を取りて参れ」

「仮病を使って、おらが病院へ行くだいな」。ぼくは言った。「で、何の病気と言うだい」

「繰り返し言わすることなかれ。頭の扉を、しかと開きしか」と教祖は唸った。

「ややこしいな、簡単に言えば、何なのだかね」

「耳を澄ましつつ聞け。我が病は様々なれど、今まさに堪え難きは、すなわちインキンなり」

聞いたこともない病気だったが、ぼくは病院で聞けばなんとかなると思い、ダンケ小屋を駆け出し、松代病院に行った。まず受付へ顔を出し、ぼくは大きな声で言った。

「インチキに罹ったんだけんが……」

「えっ」。ガラスの向こうの、長い顔の馬面《うまづら》の受付が、栗のような目をしてぼくを見た。

「なんせかんせ、体中が、インチキでやられて、痒くて困るだでよ」

受付が笑い出すと、周りにいた、ゴボウのように痩せた患者と、その付き添いの女が、思いっきり吹き出していた。

「そりゃあ、インキンだでな、きっと」とぼくの横にいた、禿げ頭の出家面《づら》のおっさんが言った。

「気の毒にのう、こんだらいたいけの子が……」。おっさんの横の、手拭でほっかぶりをしたおばさんが、笑いながら言った。

「それじゃ、皮膚科だな」と受付は、ようやく真面目な顔になって言い、書類を差し出した。「後でいいから、お父さんの保険証を持って来るんだよ」

「ないで」。ぼくは不機嫌になって応えた。

「無職かい、お父さん」

「父は天国にいるだで」

そのぼくの答えに、馬面《うまづら》は一瞬とまどったようだった。「あ、そうか、知らなくてごめん。ならさ、母さんのでいいからな」

受付のダミ声を背後にして、ぼくはアルコールのにおいの漂う廊下を二階へ急いだ。

皮膚科の若い女の医者は、ぼくの顔も見ないで一言質問し、ぼくが応えた途端に、いきなり、パンツを脱げ、と言った。

「シャツだけじゃ、駄目なんかい」。ぼくはビビリまくって聞いた。

「インキンならパンツだけでいいの」。カマキリのような顔をしたその女医が、感情を抜き取った声で事務的に言った。

恥ずかしかったが、これもダンケを救うためだと思い、ぼくは渋々下着を取った。

カマキリは、もやしのように青白い手に肌色のゴム手袋をはめ、ぼくの陰部をいじった。機械的に睾丸を調べ、ペニスをひっくり返して眺めた。ひんやりとした、妙に無機質なその感触が、神経に響き、ぼくは体を死んだ鮒のように硬直させていた。

「どこが痒いの」

「どこもかしこも、そこら中がインチキだらけで困ってるだよ」。本当は、どこも痒くないので、困ったのはぼくの答えの方だった。

「インキンなんでしょ、それをわざとインチキなんて言っちゃって、きみはとってもおかしな子ねえ」。カマキリがそう言うと、それまでのすまし顔をちょっぴりゆるめて、〈ホホホホホ〉と笑った。

「よく分からんけど、なんせ体中が痒いだってこんだ」

「それって、なんか変ね、人ごとみたいよ」と女医がぼくのチンポの先を指で弾いて言った。「誰に言われたの、インキンだって」

「ええと、その、ダンケが、違う……、母が……」。ぼくは、焦った。

「妙だな」。医者は、呟くように言って、首をカマキリのように振った。「見たところ、何ともないわよ」

ぼくは、いよいよあわてた。なんとかごまかさねばならないと思い、今は赤くないが、ついさっきまでは真っ赤に膨れ上がっていたのだと、訴えてみた。

「そんなインキンないわよ。ジンマシンかな」

ジンマシンならば、ぼくも二度ほど鯖と海老で経験があるが、とにかくダンケの病気は、それではなさそうなので、ぼくは必死になってインキンなのだから薬をくれと、くどくどカマキリに訴えた。女医も根負けしたのか、ぼくの言う通りの薬の処方箋を出してくれた。

「まさか本当にインチキなんじゃないよね」と女医は、また〈ホホホホホ〉と笑いながら言う。「もしも本当にインキンならばだけど、それをよく塗って、しばらく様子を見るのよ」

〈危ねえ、危ねえ〉とぼくは口の中で呟いた。〈確かにインチキなんだからな〉。あわててパンツをはくと、皮膚科を逃げ出す。

馬面《うまづら》のいる受付の脇の薬局から、白いチューブの軟膏を四個貰って、約百五十円を支払うと、ぼくはまた急いで天王山へ駆け戻った。

小屋に行き着くと、ダンケは起きていて、囲炉裏に火を焚いていた。

「ダンケシェーン」。教祖は喜んでくれた。「ナオは我に篤し」

薬を渡すと、お役御免で帰ろうとするぼくに、「しばし待て」とダンケが声を掛けた。「汝、我をばまことに扶くる心あらば、今しばし、止どまりて、我をば助くべし」

教祖がぼくを床の方へ誘い、布団の上に裸になると、「ただちに塗れ」と命令した。

仕方なしに、ぼくは薬のチューブを取り上げて、ダンケのそばへ寄った。

「どこへ塗るだい」

「他にはあらず、ここなり」と彼の指差す先は、陰部だった。

「自分で塗れねえだかい」と言おうとして、あわてて止め、「冷てえで」とだけ言った。ダンケの陰部を見るのは、嬉しくなかった。そこは、黒々とした盛り上がりだったが、どう見ても、水気を失ったキュウリのように縮んでいて醜かった。

「ナオ、何をかためらう」。ダンケが言った。「とくせよ、はなはだ痒きがゆえに……」

その時、ベアトリーチェが顔を出した。

ぼくは、それ以上犬をダンケに近付けないように注意した。

「犬に構わず、とくせよ」。教祖の催促だった。

「きたねえな」とも思ったが、口には出せないので、詮方なしに、ぼくは慎重な手つきでしぼり出したチューブの白い薬を、ダンケの体に塗り始めた。軟体動物の死骸に触るような不気味な感触が、ぼくの指先にあった。見れば見るほど、彼のペニスは、腐りかけた兜虫の幼虫に薄墨を塗ったような色と形をしていた。

ふと、腹部に目が行った時、その臍の上辺りが異様に膨らんでいるのが見えた。ぼくは、息苦しくなった。

しばらく、真空になったような張り詰めた静かな時間が流れた。何か言わなければ、とぼくは焦った。

「ナオよ」とダンケは寝ぼけたような声で言った。「優しく丁寧にせよ、我が命の尽くる日の遠からざらんがゆえに……」

体がその芯から冷えたようになって、ぼくは努めて冷静になろうとした。

「しっかり塗ってるから、弱気を出すなよ」

「ダンケシェーン」

「お腹《なか》の瘤はなんだや」。ぼくは何気なく装いながら聞いた。

ダンケは息を詰め、しばらく黙っていた。

薬を塗る振りをしつつ、ぼくは瘤に指先で触ってみた。それは乾いた餅みたいにかなり堅い。

「ここ痛くねえだかや」

「ああ」。教祖は、いつもの布教の時のような厳かな口調で応えた。「けだし、そは、我が癌なるべし」

「えっ、癌」。心臓が凍って、ぼくは貧血になりそうだった。そして、一瞬、目の前が暗くなった。

　瘤は、腹部だけに止どまらず、首から肩にかけての部位にもあり、そこは、紫色の膨らみを見せていた。ぼくは、危うく声を上げるところだった。

「虚、極まれば空となる。空はすなわち静なり。静はものの本源に帰するところなり」。教祖の声は、落ち着いていた。

「ダンケ、いつから気付いていただい」。ぼくは聞いた。

「自らこれを知る者は明なり。自らこれに勝つ者は強し。足るを知る者は富めり」と彼は言った。「古きもの亡ぶれば、新しきもの生まるるが習いなり。無為自然の境に至れば、すなわち水の如くただ流るるのみ」

　ダンケの言うことの意味がよく分からず、ぼくがぼんやりしている間に、ベアトリーチェが布団のそばに来ていて、その主人の兜虫の幼虫のような部分を舐め始めていた。

「やめろ、ベアトリーチェ、せっかくの薬を……」とぼくは叫んだ。

「苦しゅうないぞ、ナオよ」。ダンケは、意外に寛容だった。「好きにさせよ」

　犬の頭がダンケの股間に蠢くのを見詰めながら、ぼくはなんだか他人の秘密を覗いてしまった時のような恥ずかしさを感じ、茫然としていた。

天王は鷹揚に、〈ケケケケケ〉と笑っている。

10

三月になり、卒業式の日が近付いた。ぼくは、ダンケの病気のことが心配でならなかったが、彼の死期が迫っていることを、ぼくだけの秘密として、ほかの仲間には黙っていた。

あの薬が効いたのか、皮膚病の方はかなりよくなり、そのせいか、ダンケは少し元気になった。しばらく、杖にすがりながら歩いていたが、一週間ほど経つと杖もいらなくなった。

ある日の放課後、校長室の前をぼくが通り掛かると、聞き覚えのある声が聞こえてきた。

「『君が代』をば、な歌わせそ」。ダンケの声だった。「賛否はともかく、あまたの論あることにつきては、一論のみの立場にて強制すべからず、けだし中立、留保すべきものなるべし」

「『君が代』のどこが悪いと思うだかい」とヒョウちゃんの声もする。

「まず歌詞悪きことはなはだし。その上、曲暗くして芳しからざるなり」

「フン、歌詞のどこがいけねえだい」。ヒョウちゃんも粘っている。

「君とは天皇のことなり。君が代、つまり天皇の治める御代が千代に八千代に続かんを願う意味なり。戦前はそれにて通りしものなれども、今、まさに民主の世の中に変遷せり。人間宣言をしたる天皇にふさわしからざる内容なるは火を見るより明らかなり。詭弁を用いてそを粉飾して解釈しつる輩こそ、排除さるべき者なるべし」

「歌詞の解釈も時代とともに変わっただでよ。『君が代』も民主化されただから、問題ねえだで」とヒョウちゃんが反論した。「頭を柔らかくしてみてくれや」

「かくのごとき詐欺的解釈は認められざることなり。汝、音楽の授業にこの悪しき歌を歌うべく児童を脅迫しつるとふは、まことにもって言語道断のそしりまぬかれざなり」

「フン、タワケモン」とヒョウちゃんが押し殺したような声で言った。「おめさんは国歌を否定するだかや」

「我が心にありては、国歌なるものなし。いかなる歌も歌いたき者歌うべかるめれども、この『君が代』にては天皇賛美の歌詞ゆえに、歌うべからざる歌とぞ断定しつる者なり」

「しかし、あなたは、児童生徒の父兄ではない。学校のことに口出ししないでくれたまえ」と校長が言った。「つまり、あなたは関係ないでしょうが……」

「我が同志ともいうべき信者、貴校の児童に多し。しかも、我は日本国民にして、かつて教師に騙されし者なり。教育の国家統制によりて、権力の強制を受くる被害の甚大なるを経験的に知れる者なり。教育は国民のものにして、権力のものにはあらず。児童生徒といえどもひとしなみなる国民なるがゆえに、その意志の尊重されざるべからず」

ダンケの声は、元気な頃に較べると少し細かったが、澱みはなかった。

「そんなことは、県教委に言って下さいよ。校長としては県教委の命令を遵守する立場でしか振る舞えないのですよ。これに違反すれば、校長の首が飛びます。退職寸前で失業したら、名誉を失い、家族が路頭に迷うのです」と校長が応えた。「悪いが、私は忙しいので……、これで失礼」

校長が部屋から出てきそうなので、ぼくは立ち聞きしている廊下から立ち去った。

11

ヒョウちゃんの授業は、分刻みに堅苦しくできていて、当番に時間配分を考えさせて、そのスケジュール通りに終わらないと機嫌が悪い。発声練習五分～六分。『君が代』レッスン十分～十二分。レコード鑑賞十五分～二十分、といったような具合に教案を児童に作らせ、それがうまくいかないと罰則が課されたりする。

「いいか、おめたは戦場にいる兵隊の気持ちになれや」と諭す。「時は金なりと言《せ》うが、戦場では数秒のずれがあれば、敵にやられる場合があるだこて。いい加減な計画案じゃあだめだしな（だめなんだよ）」

　ツトムはこれで何度もヒョウちゃんにいじめられている。

「だけん、今は平和だで。戦争はへえ（もう）終わっただよ」とキヌが逆らった。

「フン、馬鹿もん」とヒョウちゃんが怒鳴る。「気持ちのことだでよ、気構えがなけりゃいかんのだこて。いつ戦争になってもええように、普段からその気になって準備しとくだわさ。分かっただか」

「分かりました」とキヌは渋々答える。

それから、『君が代』の練習になり、まず歌詞の説明を先生がしてくれる。「君とせう（言う）のはだな、昔は畏くも天皇陛下をさしておった。ところが、今はもっと広い意味になっただよ。つまり、君＝あなたってこったな。分かるかな、この意味の広がりが……。そんだからして、君が代とはあなたたちみんなの時代の意味だこて。あなたとはおめたのことだで、おめたの生きているこの時代がいつまでも幸せに続くようにって祈ってるわけさね。どうだ、ええ歌だべ」

「だけんがさ、よく分からん言葉が多すぎるだ」とタダシが言った。「サザレイシとか、イワオとか、コケノムスとか、チンプンカンプンだこて」

「それに、曲が暗過ぎじゃ」。フミシゲが口を出す。「これじゃ、まんで（まるで）葬式みてえだでな」

「そうだいな、もっとマーチ調の明るい歌がええだ」とタカコも言い出す。

ヒョウちゃんは青くなった。体がブルブル震えだし、危険な状態になっている。

「フン、大馬鹿もん」と先生は怒鳴る。「『君が代』が歌えねえとこく馬鹿がいて、全く困りもんだがさ、おらに言わせりゃそんな連中は、この国から出て行ってもらいてえくれえなもんよ」

でも、ぼくらダンケの信奉者たちは、卒業式に『君が代』を歌わないことを決めていた。

「荒れた卒業式になるだらずな」とコウジが推定していることを小声で言い、それはぼくらの気持ちを代弁していた。この推定は、決して推量ではないのだ。

ヒョウちゃんのことでは、ぼくらもいろいろ困らせられているのだが、その一つは図画の時間についてだった。美術の専科がいない小規模校だったので、美術の時間にも月岡が教壇に立つ。

「いいか、おめた（おまえたち）、きれいなもんをきれいに描くのがええんじゃねえだど。汚えもんをきれいに描くのが大事なこった。分かるかな、きれいな花を描いてきれいなのはあたりめえだでな。ゴミ溜めやくせえものをよく見てきれいに描く、これが美術だこて」と先生は鷲鼻をヒクヒク蠢かせながら言う。

ぼくらが困り果てて、固まってしまっている最中に、フミシゲがとぼけたような声で先生に頼んだことがある。「見本になるように、一度先生が描いて見せてくれや」と。

すると、「フン」と鼻先で例の通り笑って見せ、ヒョウちゃんは応えたものだ。「見本がねえ方がええだこて。自由に描けるだらず（だろう）。えこ（へたに）先生がとんでもねえうめえ絵を描いてみろや、おめたはそれを真似して描くだけになるだからしてな、先生はじっと我慢してるだこて」

「逃げてるな」とコウジが小声で言った。「本当は描けねえんだこて」

「ずるっちいな」とか「せこい」とか囁く者もいたが、ヒョウちゃんの逆鱗に触れ、「フン」と鼻先であしらわれ、その結果として成績が下がるのを恐れて、皆黙っていた。


　春ならば校庭の桜をうまく描いたり、秋なら紅葉の風景を画題にして提出しても、ヒョウちゃんの点は低い。肥桶やゴミだめの様子ばかりが、めったやたらに提出されることになる。それもきれいに描いてないといい点はもらえず、生徒はなんの関心もないのにゴミ置き場や肥溜めの絵を描かされる羽目になる。

「よーく目ばかっぽじって（掻きほじって）、じっくり観察して、おめたの心の中で感動してだな、それをばしっかりきれいに描くだぞ。ええか」とヒョウちゃんは諭した。

　でも、肥桶やゴミだめを何回見ても、ぼくはさっぱり心打たれることがない。

12

三月早々のある朝、母が、まだ寝床にいるぼくを起こしにきた。

「大変なことになったよ」

「何が」

「叔父さんが死んだ」

ぼくは飛び起きて母の顔を見た。

「警察から電話があって、直ぐ来て欲しいと……」

ぼくは母と一緒にタクシーで叔父さんの家に乗り付けた。そばには警察車輛が三台停まっていた。家の前には警官が停止線を張っている最中だった。ぼくらは警官に事情を話し，家の中に入れてもらった。白衣の検視官らしい人が地下室へ案内してくれた。黒御影石の石段と壁のそばを降りていくと、例の調理台のようなところに、叔父さんの死骸が白布にくるまれてあった。

「今、検死が終わったところです。原田庄二さんは、頭部を銃弾で撃たれて亡くなりました。検死の結果では、内臓には損傷はありませんでした。まことにお気の毒です」

原田庄二というのは、叔父さんの名前だった。

「どうして、そうなったのですか」と母が検視官らしいひとに尋ねた。

「原因は、まだ分かりません」

「他殺なのかい」とぼくは言った。

「自他殺両面捜査を継続しています」

13

卒業式の前の日は、信者としてのぼくらも忙しかった。朝早くから、小屋の周りの雪掻きをして、タダシたちがどこかの工事場から盗んできた煉瓦と土管を組み合わせて、花火の打ち上げ台を造った。ダンケは、例の通りの神父のような白衣を着て、少し足下《あしもと》が危うげだが、なんとか持ちこたえて信者たちを指揮していた。

やがて、一番下の土台になる部分には、土管がはめ込まれ、その土管の中に、銀紙にくるんだ火薬が詰め込まれた。これは花火ではなく、発射用の推進火薬であるといわれている。さらに土管の上部には煉瓦で造った大きな筒状のものが設えられ、それには、三個のドラム缶が充填された。ぼくらにはよくは分からないが、そのドラム缶の中に花火の元になる大量の火薬が入っているとの噂だった。

「もはや、明日を待つばかりなるぞ」。全ての作業が終わると、教祖は満足そうだった。

卒業式に、ダンケが祝砲を揚げてくれる約束だった。ぼくらには、その明日という日がとても待ち遠しかった。

それから、ダンケ教印の『道』という文字が白地に青で書かれたのぼり旗を振り上げながら、「ダンケ・ダンケ・ダンケシェーン」とぶちあげ、全員で『ジョンガラリーノジョンガラリーの歌』を歌った。タカコにアイコ、ポパイにツトム、コウジにフミシゲやキヌやススム、マサシもいた。

「変革の日は近し。いざ行かん清滝《きよたき》へ」

ダンケの一声で、ぼくらは、そこから二十分ほど歩いて、清滝観音まで行った。

突き出た岩の上から、三十メートルほどの落差で水が落ちていた。既に日は落ち、辺りは薄暗い。フンドシ一つの裸になったダンケが蹌踉《よろ》けながら滝の中に入って行った。裸の教祖は毛を毟られた兎のようにたよりなかった。青白く、骨張っていて、ふたまわりも小さくなっていた。

教祖の体の秘密を知っているぼくは、気掛かりでならなかった。この滝行《たきぎょう》が、ダンケの体にさわらないはずはない。

落下する滝水は、容赦もなく彼を打った。教祖の体が小刻みに揺れたのは、寒さのせいばかりではない。信州の三月はまだ冬の名残をとどめている。首を傾《かし》げたダンケが、その時、「ああ」と言った。誰かに似ている、とぼくは思った。それは外でもない、絵本の中に出ているキリストの姿だった。彼のそばまで行ったベアトリーチェが、片目を彼に向けて吠え立てた。犬の本能で、主人の命の危険を感じたのかも知れない。甲高いその声が切り立った岩にこだました。

肋骨の透けて見えるダンケの青白い体のある部分に、ぼくの視線が集まった。肩の瘤は、紫というよりも、黒く変色していたが、幸か不幸か、辺りが暗くなっていたので、よほどよく見ていないと、気付かれない。信者仲間の誰も、ダンケの体の異変に注意しなかった。それでもぼくは、早く教祖が服を身に着けてくれるよう願った。

14

いよいよ、卒業式の日が来た。九時半から講堂で式が始まり、『君が代』の前奏が聞こえると、ぼくらダンケ教の信者は一斉に着席して、メロディーを無視した。

味噌玉やヒョウちゃんが、尻に火を放たれたイノシシのように生徒席めがけて駆けて来た。

「立て、立て」。イシアタマジャクシことヒョウちゃんが怒鳴った。

「頼むから、歌ってくれ」とぼくの担任も、哀願するように言った。「決して、決してきみたちの不利にならないようにするから」

〈味噌玉の目にも涙の卒業式〉。ふとそんな句を思いついて、少しグラッと心が揺らいだ。

しかし、ぼくらは、〈心を鬼にして〉味噌玉の言う通りにはせず、貝のように口を閉ざしていた。

それから、校長の話になった。

「……人が人を殺すような戦争の時代は終わり、今はアメリカのお陰で平和になり、民主主義の時代になりました」

ダンケの花火が、十時には揚がるはずなので、ぼくは落ち着かなかった。講堂の窓から、ダンケ小屋の屋根のトタンが、白っぽく光って見えた。煉瓦と土管の発射台は目に入らず、人影もなかったが、何か張りつめた糸が切れそうになるのを見ているような感じがあった。とても静かだった。

その時、演壇の端からよろけるようにして、体育の宮入が校長に近付いてきた。

「知覧を忘れるな」と宮入が叫んだ。

「なんだ、君は……」。振り向いた校長が言った。「酔ってるな」

「卒業生に一言言わせろ。戦争の時代が終わっても、知覧で死んだ若者の霊は生きているんだ。いつか鹿児島の知覧に行ってくれ。記念館にいくつもの遺書が遺っている。お国のためとか騙されて、若者が無駄な命を落とした。彼らはお国のためではなく、母親に別れの言葉を遺して死んだ。『せっかく私を生んでくれたのに、母さんを悲しませるために死ぬのは残念だ』と叫んでいるのだ」

教頭と事務長が演壇に駆け付け、暴れる宮入を制止して、会場から連れ去った。

「知覧には母親の立像がある。母親は息子たちの帰りを待ちわびていたのだ」と宮入が叫んでいた。

会場がざわめいた。ヒョウちゃんと味噌玉が、「静かにしなさい」とか、「校長先生のお話を聞きなさい」などと生徒を鎮めにかかった。

「とんでもない妨害が入りましたが、皆さんは冷静になって下さい」と校長が続けた。

「学校は安全なオンシツみたいなところです。あなたがたは大切に育てられたキュウリやトマトでした。しかし、一度このオンシツをはなれると、きびしい雨や風が吹きつけてくることもあるでしょう。そのときはどうか校門のそばにじっと立っている二宮尊徳さんの姿を思い出してみて下さい。あのオスガタこそ、変わらない価値のシンボルですし、あなたがたのこころのカガミなのです。きょう、この晴れの日に伝統ある東条《ひがしじょう》中学校を卒業するみなさんは、大砲や機関銃の音も聞くことのない平和な日本をこころから愛して下さい。残念なことですが、オンシツの外にはわるい人たちもいます。やさしそうに見せかけるインチキにだまされないようにして下さい。そのケガレのないヒトミがいつまでもくもらないように、世の中のおかしな考えの人の意見をマルノミしたりしないように気をつけて下さい。……」

それから、しばらくしてから、ぼくが再び外の景色を流すように見ていた時、天王山の稜線を掠めるように動く影が視界に入った。瞳を凝らしてよく見ると、それはダンケの山羊だった。その背中と枝角の辺りには、チャボらしい鳥の姿も見えた。「逃げたのかや」。ぼくは少し気になった。「まさかだよな、ダンケは……」

空は青く澄んでいた。ぼくの耳には、校長の声も、ほとんど聞こえなかった。

「もうじきかいな」。耳元でコウジが囁いた。

ぼくは、何か応えようとして、喉に声がつかえてしまう。口の中が沙漠のように乾いていた。

「早く花火が見てえ」とマサシが言う。

ようやく校長の退屈で長ッタラシイ式辞が終わって、ぼくらがほっとしている時だった。壇を降りた校長の足先が床に着きかけた瞬間、地の底から突き上げるような振動と轟音が沸き起こり、講堂の窓ガラスが粉雪になって散った。壁土が飛び、ほこりが天井から降りかかる。室内灯が消えた。

ぼくは、倒れ伏す級友の間にあって、必死に外を見ようと構えた。ダンケ小屋に火の手が上がり、同時に火の玉が次々に三個、まるで味噌玉のような形をあらわに見せながら校舎をめがけて飛んで来るのが見えた。息付く暇もなく、それは講堂の窓を突き抜けて、校庭の裏の職員寮まで走った。寮に炎の柱が立った。なんと、寮の直ぐ裏手にあるヒョウちゃんの家も燃えていた。蹌踉けるように講堂を駆け出していくヒョウちゃんのひょろ長い姿が見える。揺れるカーキ色の軍服……。それはまるで戦場に向かう兵士だった。

その後ろから警官が三人追いかけている。

「何をする」とヒョウちゃんが叫んだ。

「令状が出ている」。警官が言った。「殺人の容疑で逮捕する」

しばらく警官とヒョウちゃんがもみ合いになり、やり取りがあってから、なんと、ヒョウちゃんに手錠が掛けられていた。

まさかのことだとぼくは驚いた。《ヒョウちゃんが殺人?》とぼくは呟いた。《すると、叔父さん殺しの……》

真空の時間の後に、悲鳴が続いた。ダンケの花火は、さながら大砲か迫撃砲のようだった。国語の上野と英語の児玉が抱き合うようにして、崩れかけた体育館の壁に沿ってよろけながら走っていた。

「オー、マイゴッド」と児玉が叫び、上野が柱にぶつかって仰向けに倒れた。

パトカーに続いて、救急車が現れた。何人かの警官が、天王山を駆け登って行くのが見えた。小屋の火は消え、青黒い煙が、渦巻きながら斜めに立ち上っている。

少し遅れて消防車も到着し、寮の火事の消火に掛かった。辺りは、火薬や煙の匂いに満ち、泣き叫ぶ声や、行き交う人々の動きで混乱している。校長や担任が「落ち着け」とか、「静粛に」とかしきりに叫んでいる。「大丈夫だから、決して、決して、慌てるなよ」。担任の上ずった声が聞こえる。慌てているのは大人たちの方なんだとぼくは思った。興奮していたけれど、冷静だった。

ぼくはきな臭い講堂の外へ抜け出し、クビのところから二つに割れて地面に倒れた二宮金次郎の銅像を飛び越え、警備の大人たちの制止も振り切って、ダンケ小屋の方へ走った。ふと横目で見ると、金次郎の目に涙が溢れていた。

　すると、どこかから、歌が聞こえてきた。「ジョンガラリーノ、ジョンガラリー、ホーイ、ホウリツラッパノピーピー、マーデングルマーデングル、ジョーイジョーイ、シッカリカマタケワーイワーイ、パピアパピア、ジョイナラリーヤ」

　それはかすれるような声で、風になびいて途切れがちに続いた。

　先ほど一度はおさまったかに見えていた小屋から、再び火柱が上がり、その火が周りの雑木林に燃え広がりつつあった。わずかの間に、火勢が増し、天王山全体が焼けている。息が切れそうになるのも構わず、ぼくは坂道を進んだ。病気の教祖のことが心配でならない。目の前が黒い煙で覆われている。息苦しくなり、やたらに咳をした。

　間もなく、警官に抱えられて降りて来る担架《たんか》に出会った。

「子供はどけ、どけ」。警官が怒鳴る。

　担架の上に、火傷《やけど》を負った人の顔が見える。煤《すす》で真っ黒に汚れた髭面《ひげづら》が、ぼくを認めると、黙ったままうなずいた。

「シェーン」とぼくは担架に声を掛けた。「インチキは治ったんかい」

「おお、ナオか」。ダンケが、か細い声で応える。「いまだあやまちを改めざるはなんぞや。そはインキンにしてインチキにはあらざなり。しかしながら、今はインキンを云々すべき時ならず、まさに我が生涯最後のあやまちをば汝らに謝するのみ。花火打ち上げの失敗によりて、そちにも甚大《じんだい》なる迷惑なん掛けし」

「失敗じゃないよ」とぼくはダンケの担架に併走《へいそう》しながら叫んだ。「花火そのものは成功だったからさ」

「祝砲あぐべきを、不覚にも……」と細い声が応える。「許せよや」

「昼花火だからね」。ぼくは言った。「それでもさ、音だけはとてもよかったよ」

「ケケケケケ」。彼は少し笑いながら、「ダンケシェーン」と呟いた。

傍らに、ベェアトリーチェの亡骸《なきがら》が見えた。その片目だけの、開いたままの澄んだ瞳に、三月の薄青い空が映っていた。

鈴木伍長の最期

窓の鉄格子越しに、女郎花《おみなえし》の咲いた狭い中庭が見え、煉瓦塀を隔てたさらに先には、平屋の民家が目に入る。屋根続き三軒の、長屋のようなその建物の右端の家は、穀物の脱穀を請け負う粉屋らしい。右から左へ動く目隠しをされたロバの姿が、入り口の空間に浮かんでは消える。建物の奥の薄暗がりから、まず俯き加減の長い顔が現れ、続いて肋骨の浮いた横腹が見え、最後に毛並みの悪い尻尾がわずかな残像を曳いて消えていった。それから十二秒きっかりに、同じことが繰り返され、早朝から暗くなるまで、機械仕掛けのような正確さで、その単調な動作が続いた。

一九四五年九月のある日、二十歳だった私は、長春市大同大街の市場で買物をしている時に、突然襲ってきたソ連軍に拉致され、四馬路《スーマロ》の一角にある捕虜収容所にぶち込まれた。敗戦後の植民地の日本人は、祖国からの法的な保護も受けず、いっさいの権利を失っていたので、抵抗のてだてがなかった。

床にアンペラが一枚敷いてあるだけの、広さが三坪ほどの煉瓦造りの部屋に、鈴木という元関東軍の伍長だった五十代の痩せた男と、私は寝起きを共にすることになった。部屋の片隅に簡易便所と洗面台があり、水道がない代わりに、真鍮製の洗面器に水が張ってあり、その水は飲用と手洗いの両用に使われた。二日毎に、昼飯の時間に合わせて、看守に付き添われた掃除婦が部屋の清掃をし、水を替えていった。「慣れるよ」と先住の鈴木伍長が掠《かす》れ声で言い継ぐ。「人間、何にでも慣れる。この世のどんなとんでもないことにも慣れる。いや、慣らされるのかな」。彼の言葉の意味を、数日後に私も納得するようになった。囚われ人は、置かれた環境に慣らされる。しかし、彼の言葉の含蓄は、もっと深いものだったのだ。「棄民というのは分かるかね。棄てられた民と書くやつなんだが」。伍長が私の顔を透かすように見る。部屋が暗いせいだったのかも知れない。「何ですか、それ……」「つまり、俺たちのことなんだ」。伍長はそう答えただけで、口をつぐむ。私は意識的に置いてけぼりにされた感じだった。彼は看守の勧めを無視して、なぜか断食を続け、暇さえあれば『聖書』を読んでいた。クリスチャンなのだろうと思ったが、やがてその推測が間違いであることが分かった。彼の話を要約すれば、半月ほど前に町の雑踏で「日本人狩り」に捕まった時、そばにたまたま居合わせた見知らぬ日本人の女から、上着のポケットに押し込まれたのが、その『聖書』だったとのことだった。「他に何にもないからな……」。彼は言い継ぐ。「俺はな、無宗教なんだよ。ここでは何にもすることがない。仕方なしに、退屈紛れに読み始めたんだが、いつの間にかこの世界にのめり込んでしまったよ。なかなかいいことが書いてあるんだ、これが……」。食事の時に彼は、看守の前では食べた振りをして、自分の食物を密かに私にくれた。「いいんですか、食べなくて」と私は訊いた。「そうさ、いいんだよ、俺は……、どうせ、いつかは死ぬ身なんだから……」と彼は応える。ある時、断食の理由を聞いてみると、照れたように横を向いたまま、「日の丸が焼き捨てられるのを見ただろう。戦争とはいえ、俺たち世代の人殺しの罪は消えないから……」とぼそりと言葉を吐く。「どうしようもなく、ただ時代の流れのままに流されていた。気がついてみたら、俺の青春は、まるで〈ドン〉の姿そのものだった。しかし、若いあんたには、未来があるんだからな、しっかり栄養をつけて、なんとしても生き抜き、帰国した時には、俺の分まで頑張ってくれよ」。〈ドン〉というのは、彼が勝手に付けた例の粉屋のロバの愛称だった。鉄格子のはまった窓越しに、ほぼ正面に粉屋が見える。「今の俺たちは、あいつとほとんど違いがないんだな。つまり自由がない」。独り言のようにつぶやく鈴木伍長は、既に生気が失せかけ、ミイラのように痩せた顔に、目だけが異様に輝いていた。房内で、彼は一匹の青蛙を飼っていた。もっとも、正確に言えば「飼っていた」のではなく、餌を求めてたまたま迷い込んできた蛙を「手なずけていた」のだったが……。日が落ちる頃になると、時々、格子窓のところにその蛙が現れた。親指ほどの小さな生き物で、彼はそれを〈民子ちゃん〉と呼んでいた。「ばかに青い蛙ですね、安ペンキで背中を塗ったような……」と私が言いかけると、鈴木伍長は厳しく遮った。「そんなことを言うな。あんたになにが分かる」。彼の歪んだ顔が睨んでいる。その右頬に抉られたような傷が見える。〈民子ちゃん〉はガラスに張り付き、部屋の中を見つめるかのような素振りを見せる。白っぽい腹と足の裏が、骨格と血脈のありかを示して、ガラス越しに透けて見える。餌不足なのか、伍長に似てかなり痩せた蛙だった。彼は〈彼女〉を見付けると、よろよろと立ち上がって、そっと窓を開け、ガラスから取り上げた〈民子ちゃん〉を掌に乗せた。「元気にしていたか、民子ちゃん」と蛙に声を掛け、「そうか、それはよかった」とか、時には、「痩せたのは、みんな戦争のせいなのよ」などと裏声を使い、蛙に成り代わって応える。蛙のことを言っているのだが、鈴木伍長自身のことのようにも聞こえる。

暮れやすい満洲の秋……、夕方になれば、外はかなり冷たい風が吹いている。日も短くなってきていて、午後の五時を廻ると、もう薄暗くなる。「民子ちゃんよお、おまえとも、直《じき》にお別れかなあ」。彼は掌に鼻を付けるようにして蛙を見つめる。「どっちが先か分からんけれど……」。家族か昔の恋人に〈民子〉と言う名の人がいるのだろうかと思い、それとなく聞いてみたが、彼は笑って否定し、「十五年も、俺たちがいじめた人の名だけれど、若いあんたは気にするな、これは世代の罪の問題よ」と応えて、私を煙に巻いた。

ある日の朝、私が窓の外の景色を眺めていると、いつの間にか後ろに立っていた鈴木が、「何か今日は、いいことありそうかね」と訊ね掛けてきた。「いつもと同じ朝ですよ。女郎花がきれいに咲きそろっていて、向かいの粉屋のロバはのんびりと歩いている。世は平安なりといったところですね」。ところが意外にも彼の反応はきつかった。「たわけたことを言うなよ。あんたは、まだ〈ドン〉をしっかり見ていないな」「そうですか」と私は、石臼を挽くロバの動きを見ながら応える。「あれはね、あれは、つまり俺の姿だよ、自由のない青春の形だ。のんびりなんか全然していないんだ」。相手の語調の厳しさに呑まれて、私は喉が詰まったようになる。「よく見ておくんだよ、〈ドン〉を……。あれは縛られているだけじゃない。目隠しされている。世界が見えないんだよ。その上、石臼は足枷以上のものなんだ。どこにも自由がないじゃないか」。目には見えない白い壁が、私と彼の間に築かれている。「確かに、そうでした、迂闊でした」と私は言い、〈世界が見えない〉のはロバだけではないことに気付いて、彼の言葉に沿う補いをした。「あれは、そっくり私たちの姿です」「意識しなければね、あんたは……」「意識……」「つまり、〈ドン〉は意識していないんだよ、そこがロバの限界なんだが……」「そうですね」「俺を見て、あんたはどう思うかな。〈ドン〉そっくりのところがみじめだが、最後に生きることを選ぶ自由はあるんだ。それが人間なんだと気付いたわけさ。だがな、よくよく考えれば、生死は裏腹なんだ。よく生きるのは、よく死ぬことでもあるのさ。あんたはよりよく生きなけりゃならんが、俺はな、潔く死ぬのだよ。これが日本帝国軍人の身の振り方なんだ。死ぬることで、おのれの意志を生かすんだ」。体力の衰えた彼にしては、おそらく精一杯の強い口調で言い切った最後のフレーズが、その日、私の耳の底にこびりついて離れなかった。

鈴木伍長は骨と皮ばかりになり、黄疸に罹っているのか黄色い顔になった。日毎に衰弱していく彼を見るに忍びず、私は彼からの〈施し〉を断り、なんとか断食を止めさせようとしてみたが、確信犯のように彼は頑固だった。「あんたは俺にかまうな。あんたはあんたの人生、俺は俺だから……。あんたは若いんだからさ、ここをしっかり生き抜くんだ。あきらめずに前を見つめて進めよ。だが、俺は帝国軍人として、既に汚れ過ぎている。今さら全てを国家のせいにはできない立場なんだよ。まあ、世代の罪というのもあるはずだから、俺は俺の身の振り方を選ぶんだ。あんたに分かるかな、この気持ちが……」「内地で伍長殿のご家族が、お帰りを待っているんではは……」と私が訊いた。「天涯孤独でな、後顧の憂いなしなのさ」。彼の言葉通りなのかどうか分からなかったが、他人のことに深入りしたくはないので、私はそれ以上は関わらないようにした。

ある日の夕方、しばらくぶりに〈民子ちゃん〉と呼ばれている蛙がひょっこり現れ、ガラスにしがみついているのが見えた。張り付いて血管の浮き出たような指の形が、妖精の手招きにも見える。寝たきり状態の鈴木伍長には、青蛙の姿は見えない。「彼女が来ましたよ。伍長殿に会いたいって……」と私は相手を励ますつもりで、わざと軽い口調で知らせてやった。「そうか、生きていたのか」。彼は震え声でそう言って、立ち上がろうとしたが、足がもつれて果たせない。私は窓を開け、蛙を捕まえて、彼のそばの床に置いてやった。「ありがとう」。彼は、細い腕を伸ばして、蛙の鼻先に近付けた。初めのうちこそ、〈民子ちゃん〉はキョトンとした顔でとぼけていたが、しばらくすると、ゆっくりと、彼の指に這い上り、首を傾げて鈴木伍長を見つめた。青い背中が新鮮だった。「最後のお願いだ。わるいが、あんた、あそこの虫を取ってやってくれよ」。いつも彼がしているように、私は便器のそばの壁や天井にへばりついている蝿や蜘蛛を捉えて、蛙の鼻先に置いた。その時、〈民子ちゃん〉の目が左右別々の方向に動くのが見える。「それ、民子ちゃん、ご馳走になれや」。その言葉よりも、〈民子ちゃん〉の動きの方が早かった。彼が言い終わった時には、蜘蛛と蝿は手品のように私の目の前から消えていた。「元気だな、民子ちゃん、さすがに底力がある。踏まれても、踏まれても、シャンと立ち上がる。それでこそ民子ちゃんだ」。彼はそこでいったん声を消し、しばらく間を置いてから、次のように言葉を継いだ。「すまなかったなあ、民子ちゃん、俺と、俺の民族の罪を許してくれ……」。私には、鈴木伍長の言葉の意味が分からなかった。「なぜ、民子ちゃんに謝るんですか」。鈴木伍長は、少し困ったような顔をして、照れ笑いをした。「あんたは気にしなくていい、俺たち大人の世代の秘密なんだから……」。わざと私に背を向け、鈴木伍長は口ごもった。

「そんなに自分ばかりを責めないで、伍長殿も元気になりませんか」。私はそんな風にしゃべりながら、混乱していた。「さあ、民子ちゃん……、そろそろ……、おまえとも……、お別れだな」。彼は苦しそうな息継ぎの中で言葉を吐いた。「時々……、俺を励ましに来てくれて……、嬉しかったが……、もういいんだよ……。お互いに……、もっと……、楽な関係に……、なろうじゃないか」。私は〈民子ちゃん〉をつかみ、鉄格子の向こうの闇に落としてやる。窓の下は草むらなので、蛙に害はないはずだった。「優しく……、やってくれたか……、これが……、最後だから……」。彼は後ろ向きの姿勢のまま、鼻声でそう言った。言葉の調子からすれば、私の行為を非難しているわけではなさそうだった。彼の肩の辺りが小刻みに震えている。その時、私の頭の中に閃いたのは、〈民子ちゃん〉の意味に関することだった。〈民子〉＝〈民の子〉＝〈民〉の図式が浮かんだ。以来、〈民子ちゃん〉は姿を見せなくなった。

「この部屋には……、見えない仕切りがある……、現世と来世とのな……。あんたと……、俺との……、境だよ……。これまで……、ありがとうな……。俺のことはな……、もう気にするな」。ガンジーのように骨と皮になっていく鈴木伍長を見るのが辛いので、私は鉄格子に寄り添うようにして、外を眺める。髪飾りのような形の女郎花の黄色い花冠を認め、赤い塀の向こうの粉屋を見やる。しっかり生きているものの形を確かめることが、今は大事なのだとも思う。いつも通りのロバの長い顔が現れる度に安堵し、それが暗がりに消えていくと不安に駆られる。光と影……。こうした明と暗の交代する景色は、私にとっても他人事ではなかった。しかも、それが十二秒毎の変化であることに、何か隠された意味がありそうに思われだすと、意識にしこりができた。「子・丑・寅・卯……酉・戌・亥」と〈十二支〉を唱えると、必ず現れる焦げ茶色のロバの顔………。仏教で言う輪廻転生のようだった。生と死、現世と冥界とが境を接しているように見える。私は、そこまで考えて、寒くなり、怖くなる。内も外も、私の周りの全てが、この二つの世界を暗示しているから……。そういえば、女郎花も秋の彼岸を飾る盆花の一つだった。「若者は……、鬱屈していては……、いかんな……。体を動かして……、鍛えておけよ……、もうじき……、俺が死んだら……、あんたは……、きっと……、シベリア送りだから……」

鈴木伍長のすすめもあって、筋肉を育てるために、私は狭い部屋の中を、ロバとは反対回りで歩き回った。それも、一周が六秒ですむようにすると、丁度二周する毎にロバの顔が見えた。私は〈十二支〉を唱えつつ歩き、〈亥〉のところでロバに「やあ」と声を掛けた。しばらくして、鈴木伍長は「やあ」が耳障りだとして、「ドン」と言ったらどうかとすすめた。痩せた彼に逆らう気はないので、〈ドン〉に改めたが、その意味が〈ドンキー〉からきているのか、〈ボス〉の意味の〈ドン〉なのか、はっきりしない。元気な頃の彼は、やはり窓からロバの姿を見ていたらしい。いつからか、ロバに名前を付けて〈ドン〉と呼んでいたのだ。ものに名前を付けるという行為は、対象を自分に近付けるということでもあり、それは親しみや愛情を示すと同時に、寂しい人の選ぶ行為でもある。〈子〉に始まって、〈亥〉に至る〈十二支〉の呟きの最後には、必ず「ドン」という合いの手が入ったが、私の方は、ロバの機械仕掛けのような正確さには負けるので、〈亥〉と称える前に、既にロバの顔を見てしまうことも折々はあって、そんな時には〈亥〉を省略して、「ドン」と打ち上げるのだった。「何かの縁で……、俺と一緒になったのだから……、できれば……、形見分けをしたいところだが……、こんな生活で……、何もないのが……、悲しい……。せめて……、俺が死んだら……、この本を上げるから……、あんたは……、遠慮せずに……、受け取ってくれ……」。鈴木伍長はそう言って、細い腕で『聖書』を支えた。そして、何やら聖句らしき文句をぶつぶつと呟き、「俺のことは……、すぐに……、忘れてしまってくれ……」と付け加えた。無精髭に囲まれた土色の彼の顔が、毎日少しずつ小さくなっていった。蛙に続き二番目に消えたのは、中庭の女郎花の花だった。いつの間にか白っぽく変色し、ある風の強い日に、それも吹き飛ばされてなくなった。毎日何回も、私は外を見る。その時、目の休まる位置に黄色い女郎花があるはずだった。それが、今はわずかな細い茎を残すだけで、完全になくなっている。眺めの一郭が崩れ、景色が平衡を失った。私はそのことを、鈴木伍長には伏せていた。彼は、ほとんど寝たきりになり、『聖書』も読めなくなった。私は、せめてもと思い、それを彼の枕の下に入れてやった。気のせいか彼の眠りが安らかになる。食事の差し入れの時、私は看守に訴えて、投薬や医師の診察など病人の世話を頼んでみたが、取り合ってくれなかった。「なるようになればいいさ」と言う意味のロシア語が返ってきた。しつこく食い下がっていると、赤ら顔の看守は、肩から自動小銃をはずして、銃口を私の方に向けた。捕虜は、自己主張をあきらめ、どんなことにも堪えなければならない。〈棄民〉の意味が身にしみる。

その翌日の朝、いつものように私が声を掛けても、鈴木伍長からの応答がなかった。深い眠りの中に浸っているのだろうと思っていたが、昼近くになっても、彼は身じろぎもしなかった。私は彼に近付き、その額に触れてみる。御影石に触った時のような冷たく堅い感触だった。息を詰めて、私はしばらくその場に凝固している。二人の間の隔たりは、〈見えない壁〉ではなくて、これで画然としたものになる。鈴木伍長は息絶えていた。初めて会った元気な頃の彼が、三割方嵩減りしていたので、遺体は少年のようだった。朝食を運んできた看守は、伍長の死を確かめながら、夕方まで遺体を放置していた。私は、彼の顔を洗面器の水で湿らせた手拭いで拭き、髭と髪をハサミで見栄えよく整えた。右頬の古傷は、皺の中に隠れがちになっている。私は傷の辺りを丁寧に拭きながら呟いていた。「伍長殿、痛かったでしょうね、撃たれた時は……」。死者を弔う花や線香もないので、枕の下から『聖書』を取り出して、でたらめに繰ったページの聖句を読んで手向けとする。声がかすれるまで続け、読んでいるうちに、それが鈴木伍長に手向けるというより、むしろ自分のためのような気がしてくる。その時、私は気が付いていた、言葉が生きている者を励ますためのものであることを……。それから、彼の顔を、きれいに濯いだ手拭いで覆い、〈十二支〉を念仏のように唱えながら、遺体の周りを三回廻った。もちろん向かいの粉屋のロバの動きに合わせて歩き、暗がりから現れるロバの顔を見て「ドン」で納めた。〈ドン〉が観音様に似ている。

暗くなると、いつものように、ロバは仕事納めとなり、目隠しを外された自由の身の嬉しさからなのか、店の前で飼い主にブラシを掛けて貰いながら、ひとしきり嘶《いなな》いた。引き延ばされたような悲痛な声で、それは弔いの日にはふさわしい。真っ暗になり、夕食の差し入れの頃になって、二人の看守が担架を持ち込むと、鈴木伍長の遺体を丸太のように乱暴に扱い、私には目もくれずに立ち去った。私は最敬礼をして、元関東軍鈴木伍長の遺体に別れを告げた。それは、この収容所で私のそばから失われていく三番目のものだった。急に目からあふれ出したもののために、私の視界がぼける。夕飯の赤茶けたコウリャンが、小石のようにポロポロとしていて喉に通らない。「次は俺かな」と私は考える。胸の奥を風が吹いた。一夜、嵐が吹き荒れ、鉄格子の外側の窓枠が耳障りな音を立て続け、私はそのために眠れないのだと思い込もうとして、横たわりながらも闇に目を凝らしていた。朝方、少しまどろむと、〈十二支〉を唱えながら歩くロバの顔が浮かんだ。右の頬に抉られたような傷がある。「どこか変だ」と思って、よく見ると、いつもの目隠しがない。後ろから一人の男が、ややがに股ぎみに歩いてきた。飼い主ではなかったので、瞳を凝らすと、なんとそれは鈴木伍長の姿だった。あわてて私は上官に敬礼をする。彼は途中で立ち止まり、青白い顔を正面に向け、私の方を透かすように見つめて、少し照れたように笑い、軍隊式のかしこまった敬礼を返しながら叫んだ。「すまなかったな、あんたの世代の罪ではないのに……」「鈴木伍長殿」と私は呼び掛けようとして、声が出せないでいる……。そこで、私は目が覚めた。

彼の死後三日目の朝、暗いうちに看守がきて、ランタンの光で鍵穴を探り、三重に掛けてある鍵を開け、捕虜を薄闇の漂う中庭に押し出した。自動小銃を担ぐように肩にぶら下げた兵士が、看守となにか言い合いながら、中庭に集めた数人の捕虜たちを、後ろ手に数珠繋ぎに縛った。外は既に明るみ始めている。銃器を構えたソ連兵士に怒鳴られながら、私たちは駅まで歩いた。

収容所の門を出たところで、粉屋のロバとすれ違いになった。〈ドン〉にとってみれば、仕事始めのいつもの時間だった。なじみのあの細長い顔が、目の前に大きく迫った。普段は遠くから見ているだけだったので、そうして近付いてみると、ロバの体がかなり大きく感じられる。「やあ」と私は声を掛けてみる。もし縛られていなければ走り寄って、そのロバを抱きしめていたはずだった。「〈やあ〉より〈ドン〉の方がいい」とすすめてくれた鈴木伍長のことを思い出し、その思いの丈を込めて、もう一度、「ドン」と叫んでみた。その時、奇妙な異国人の声に反応したのか、ロバが私の方を向いた。黒目がちで切れ長の目が、私を優しく見つめている。その右の頬に傷が見える。痣のように褐色にくぼんだ痕が生々しい。「すまなかったな。南無観音菩薩」と、私は鈴木伍長の嗄れ声をまねて、ロバに向かって言葉を掛ける。自動小銃を構えた兵士が、ロシア語で何かわめきながら私に近付いてきた。私は、思いきり息を深くして、ロバの匂いを嗅いだ。〈ドン〉との別れだった。そして、四番目にこの場所から消えるのは、私自身なのだということを、その時はっきりと意識した。

やがて、私は、シベリア送りの捕虜として無蓋の貨車に詰め込まれ、見渡す限り何もないような草原のただ中をひたすらに北へ北へと運ばれて行った。四番目に消えるはずの私……。ここから消えるのは確かだが、まだ死ぬと決まったわけでもない。選択肢は、わずかながらも残されている。生きられるだけ生き抜こうと思う。貨車は意志を失った動物のように、だだっ広い草原をひたすらに走っていた。渡り鳥の黒い群れが、濃紺の空を飛翔する。鳥たちの影が草原を薄墨色に染めながらかすめる。小川や湿地の水が、朝日を反射して光る。規則的にレールの継ぎ目を拾う車輪の音をリズムとして体に受けながら、私は鈴木伍長の形見の『聖書』を、しっかりポケットの中で握りしめ、口では密かに「子・丑・寅・卯……」と〈十二支〉を唱え続けていた。頬の辺りを吹きすぎる風が、にわかにひんやりとしてくる。長く尾を引く汽笛がしじまを破り、それは列車の固い意志を示しているかのようだった。一瞬、ロバの顔と重なって、ぼんやりとした鈴木伍長のはにかんだような笑顔が闇に浮かんだ。風に乗って、その微かな声が耳に触れた。「あんたは若いんだからな、ここをしっかり生き抜くんだ。あきらめずに前を見つめて進めよ」。伍長の笑顔が、水に落ちた一滴の油のように、にじみながら薄く霞んでいった後に、私は仄白い一筋の光を見た。

累《かさね》ヶ淵

暗黒の世界でもがき苦しみ、粘質の強き血の海を泳ぎつるうちに、何か得体の知れぬものに当たりたりき。そは岩の如きにも見ゆるが、意外なことには、粘土の塊に似て、弾性あるものなりしゆえ、当たりたる拍子に跳ね出されて別世界に紛れ逃れたりつるならん。日差し常ならずまぶしく、その上、甚だしく熱く、それに触れし全てが溶けて消えそうなりしが、やがて、急に霧が流れ、辺りを呑み込むが如くに包み込みたりき。「息苦し」とつぶやかんとせしが、声は出せざりき。「水、水をばわれに」。さながら砂漠の中に存在せるかの如く辺り水気なく、砂に包まれていたり。とは言え、この比喩は、そこが「砂漠」であるとの確証なきゆえに、きわめて曖昧なるものなりき。第一、「意識」が唯一存在しているのみで、全体としての「われ」の実在感なきなりけり。あたかも空間の内部に「意識」のみ風船の如くになりてたゆたいつつ浮かびつるが如きなるべし。第二に、有り体に言えば、そこが「砂漠」なりやいなやということさえはっきりせず。観察すべくも、周りは深き霧の如きもやもやに覆われ、わずかに足許見ゆるのみなり。より正確に申せば、「足許」というべきにもあらざりき。

先刻も感じていた如く、体空中に浮きつるようになりて確実に地面をば踏みつる「足」なんある気せざりし。「我は幽霊なりきや」と疑う。宙を気ままに飛ぶ塵芥か、さらにこまかなる微粒子か放射能の如きものなるかも知れず。顧みるに、あまたの時間と距離を飛び続けたる漠たる感触もあなる。「われは何者ぞや」「いづこより跳び来るや」かくなる疑問符のみぞ意識されつつ海中をばわけしれず泳ぎ続くるなる。而して、答えはありえず。かくなる場合、いかにして意識さえ欠きいたりつるか、たとえありえてもきわめておぼろなるさまなるべし。万に一にも、この曖昧なる理不尽さ加減は、肉体を離れつる意識のみが夢の中浮遊する由縁なりや。深く考えをいたしてみれば、肉体を失いつる魂が、行き所なくさまよいし状態なるやいなやも詳らかならず……。とにもかくにも「われ」の「意識」、はなはだ薄きゆえに、いづこなりか浮遊してさ迷い、やがて他者に出会いて、「そなたは何者ぞ」と問われし場合も、ただひたすら沈黙するよりほかなきなるべし。さなることをば胡散臭げに問わるるだけ馬鹿馬鹿しく、野暮にてもあり、思わず知らず笑いとばしたくなるなり。「そなたは何者ぞ」との問いは、他者からと言うより、むしろ存在の内部に向かいて聞きただしたき事柄なるべし。果たしてこの「存在」そのものが実在すかいなかさえ、かなり疑わしきことなるが。仮にも「霊魂」なるものまことに存在せば、すでに肉体としての実体は消されつるならん。なきものはありえず、存在証明不能なるは当然なことなりき。しかし、良きことには「霊魂」は自由自在なりとの信念あるが故にすべての拘束より外されたりつ。時間と空間を超越し、気ままに浮遊するのみ。而して行き着く先、誰か第三者なる肉体にてありても不思議はなきとも言うも可なり。いわばさながらヤドカリの如くに、他人が人生に入り込まんも可能なりせばなり。「われ思う。故にわれあり」とはいかなきまでも、ともあれ、「われは自由なり」と認識できるなり。「ああ、誰かある」と叫ばんとせし途端に崩れ落ち、熱にてチョコレートが溶けるが如くに、メルトダウン状態になりき。存在せるもの、または存在したりと錯覚せしもの消え失せたりつるが如き感覚の中にありて、偶然居合わせたる他者の肉体の内部にめり込みたる如くになりにけり。嗚呼、まことにおぞましきことなり。

眠りから覚めた彼は、経験のないほどのひどい頭痛にとりつかれていた。体が痙攣していて、立ち上がれないだけではなく、声も失っていた。視界を占める白っぽいもの。それは霧ではなかったが、一面に視界を遮るもやもやだった。

それでも、数分経つと、徐々に光が明度を高めていき、視界が開けだした。白いものは、壁とカーテンとベッドのシーツ、それに医師や看護師の衣装。

長野市の善光寺のそばにあるバス停の前で、ひとりの学生が倒れているのを、通りがかりの観光客が見付けて、すぐに救急車を呼んでくれたのだった。彼は意識不明のまま病院に搬送された。鞄の中の在学証明書から、家族の住所と電話番号が分かり、警察からの連絡で母親が病院に駆け付けた。

「日本脳炎の症状に似ているが、血液などの検査の結果では、それでもない。内臓の障害もありませんし、脳波も異常はないので、結論としては、残念ながら、何だか分かりませんな」と脳神経科の医師は匙を投げた。「したがって、まことに申し訳ないが、有効な薬はありません。文献でいろいろな病例を当たってみましたが、該当するものはないようです。根本的な治療はできませんけれど、対症療法として、当面、四十一度の発熱を何とか解熱させるべく処置してみます」

以来三日間、彼は意識がなかったが、四日目の朝、突然熱が平熱になり、無意識世界を越境して、病気の王国を離脱し、元気になった。

「よかったね」

家族らしい者たちや友人らしい幾人かがベッドの周りで彼を祝福した。すると、彼は布団をはねのけるようにして上体を起こし、

「いづこぞ、こは」と叫んだ。

「何を言ってるの、直樹」と母らしい女性が笑いながら彼に微笑みかける。「誰かある」。彼は首をかしげながら、そこにはいない誰かを目で探して呼んでいる。視線の結ぶ先が遠い。

「お菊は如何に」

「誰のこと、お菊って」。母親らしいひとが聞いた。

「わが娘なるぞ」

「とぼけるなよ。おまえに娘がいる訳ないじゃん」と友人らしいひとりが彼の肩口を両手で押さえながら言った。「熱のせいでおかしくなったのか」

「誰ぞ、汝は」

その一言で、ベッドの周りにいる者たちは、にわかに青ざめた。記憶喪失の症状が疑われた。

そう言えば、おかしなことがあった。意識が回復した直後に、医師から名前を聞かれたとき、彼が答えて言った。「われは羽生村なる与右衛門と申す者なるぞ」

「ハニュウ村とは千曲市の埴生のことかな」と医師は付き添いの母親に尋ねる。

「分かりませんが、とにかくこの子は確かに山本直樹なので、与右衛門なんて変な名前ではありません」。母親は泣きそうな顔になっている。

「きみはお母さんの名前は言えるのかい」と医師が聞くと、

「そはなにぞ」

「おい、おい、しっかりしてくれよ、ここにいるきみのお母さんが見えないのかい」

「全ては、はや忘れ果てにき」と答えが返ってきた。

「では、聞くが、どこから来たの、きみは」

「羽生村より」

「その村はどこにあるのかな」

「記憶なきことなり」

「では、なぜ、何の目的でここへ来たのかね」

「累《かさね》の供養せんがためなれども、地獄から這い上がりつる後のことは不明なり」

「何でもいいから、何か覚えていること、困っていることはないかな」と医師が尋ねると「われ、人をあやめつる者なり」と直樹が答える。

「誰を殺したの」。母親は泣きながら聞いた。

「累という女」

「それは、長野の人なの」

「否、羽生村の在の者なり」

ベッドの周りに立っている医師や母親、それに彼の友人たちは互いに顔を見合わせて首をかしげた。

「言葉つきがおかしい」と友人が言った。「文語体みたいだ」

母親は直樹の記憶を取り戻そうと過去を思い出させるようなものを彼の部屋から探し出した。アルバムやノート、彼が好きだった音楽ＣＤなどである。まずアルバムを見せたが、それにはほとんど反応しない。

「これがおまえよ」と写真の彼を指し示しても、血の気のない顔の表情に変化はなかった。「ほら、担任の先生と、仲のいい友達の顔」

「記憶なし」と彼は答える。

「ハニーのことも忘れたの」

「ハニーとは何者ぞ」

「おまえがかわいがっていたワンちゃんよ」。母親も青ざめる。彼がよく聴いていたチュウニの「おもいでよ」とか「リスボンの雨」をＣＤで聞かせても、ほとんど無関心だったが、ノートの自分で書いた雑記を読んでいる時、少し目が輝き、口許がほころびかけ、いくらか反応があった。それは、行変えも句読点もなく続く、言葉が連鎖するような不思議な文字列だった。

借りた金返す間もなく金縛り首長族に追い込まれ逃げる途中につまずいていていていてと笑う膝あてなき旅ガラス鳴く夜逃げの末も生き地獄まるきりこれでは蟻地獄の沙汰も金次第次第欲張りになり金屋敷キンキラ屋根甍の波に雲の波風立つ尖閣諸島の娘十八歳歳年々人同じからずしの浜辺の磯千鳥足の男酒場さ迷い子捜す母親殺し屋雇い恨みを果たし合い性悪くにくの策ササクサクと霜柱踏み絵に描いた餅喉に掛かり咳をしてもひとりっ子政策行き着く果ては姨捨山に星空仰ぎ遠き青春の門回想ロクでもないことで恥を掻き捨てのかかる孫お守りする老婆すがる杖オレオレサギにだまくらされ賽の河原にサギの群れ死肉ついばむ幻想に悪夢に苦しみあせばんでヨイトマケの歌声喫茶茶摘み歌あかねたすきにスゲの笠にかかって威張るおやじ地震・雷・火事・親父威張ったとて四番と加齢臭をバカにされきれ縁まで捨てていきのいいのはさかなだけダケカンバ繁る青葉城あおばづくなく森の家白雪姫に毒リンゴかわいやかわいやリンゴの気持ちは分からずにリンゴ追分歌ってるてるぼうず笑う追分山に陽は落ちて草木も眠る丑三つ時を駆ける少女夢の中山公園ひげ面の孫文笑う門には福来たる

酒呑んで早寝して早起きしても三文の得にもならず者たむろしいたるコンビニの前の小道を駆け足で逃げ万引き少年車にはねられ宙を舞う時この世との腐れ縁絶ち黄泉の国閻魔大王お迎えのお堂に入り舌抜かれ魂までも取り去られ訳も分からず千切りにされてめでたく千の風往生遂げずにさ迷いて大きな空飛んでいる雀も焼けて焼き鳥にされて四川の暑い夏パンダも昼寝してられず九寨溝で水浴びて篠竹食べる黄昏の黄龍への道疲れ果て鍾乳洞で一夜明けの明星仰ぎつつのたうつ黄色い龍の背を伝い五色はおろか七色の池に溺れて天国の夢にも見ざる幾十のため池如き中を泳ぎ李白の旧家訪ねつつ辿る細道珉江の七曲がりなる細い道古代水道施設見て家鴨の干物ぶら下がる肉料理屋の前を過ぎ紅い麻婆豆腐を食べ過ぎて成都の街をさ迷いて間もなくひとに騙されて奴隷船に詰め込まれアメリカ南部の綿畑白一色の広がりに遥かに我を呼ぶオールドブラックジョー涙は伝いてほほに我が胸痛みに耐えずこころはこの世を去りて遥かな黄泉の国歌は天皇のいやさかを讃えているが君が代は殺されても歌えない歌わなければ処罰だと石原・橋下うそぶいて教職員の良心の自由を無視して憚らずこれが民主主義の国家だと誰が信じているものかに刺されて血を吸われ助けられたる仲間にも意見が合わずにつまはじき片手の暴漢が一人暮らしのＯＬを手籠めにしてる透視画の果ては地の果てアルジェリア太陽まぶしく母殺しカミユの「異邦人」読み違えオスロのテ

ロの恐ろしさ中国温州新幹線脱線事故にも懲りずして他国の技術を盗み取り模倣文化の脆弱さ責任取るのは下っ端のいつもの役割負わされて勲章だらけの共産党髭の幹部は沙汰なしで頬被りして左うちわ避暑山荘に愛人としけこむ沙汰は北側の朝鮮にいる独裁者金将軍のお家芸なりて満洲馬賊の頭目なりの果て長白山《白頭山》を聖地と仰ぐ成り上がり者所詮はならず者一族なりて喜び組を後宮の夜遊び重ねハンバーガー飛行機で運ばせ大宴会酒池肉林のすぐそばに何百万の饑餓住民痩せたこどもが残飯をせびりに集う飲食街拉致邦人を人質に恐怖政治を続けつるいつまで続く暴君のやりたい放題民族の怒りに燃ゆる島核弾頭を隣国の首都に向けたる凶暴さ起て飢えたる者よ今ぞ日は近し起てよわがはらから暁は来ぬ暴虐の鎖絶つ日旗は血に燃えて日の丸破り捨てやぶれかぶれの戦死者たちは黄色い大地に叫んでる天に響くは千の風兵士の恨み節赤紙で日の丸背中に負わされて大将軍に駆り立てられ異土に消えたる大和魂海行かばみづく屍山行かば草むす屍死屍累々の結末に大和の誇りとおだてられ靖国神社にまつられて泣いている戦士の御霊安かれと祈るは生き恥さらす根性もなくただ惰眠むさぼる鉄面皮政治家たちは他人事如くに笑ってる赤紙を出しまくって若者を戦争に駆り立てたりしこの国の戦争責任の取り方はドイツ見習わずちょび髭で白馬にまたがる大将軍アメリカからの咎めもなくて東京裁判にも裁かれず東条英機らに丸投げで罪なすり

つけ戦前からの大邸宅に枕を高く生き残り最高責任者の自覚なくまたぞろ日の丸に迎えられ君が代は千代に八千代に細石の巌となりて退位する気もつゆなくて宮城前で落涙し自刎する国民たちをみごろしに内地外地の何十万戦死させられし英霊の影にもひるむこともなく反省さえもする気なく鉄面皮のまま居座りてトルーマン・マッカーサーに許されて安閑にして居直りて戦後を生き続け天罰一つ受けもせず遂にあの世に消え果てつ世継ぎの君は先代の借財チャラに戦争のことは忘却の不幸な「過去」と思い込み我関せずの涼しき顔国辱背負いし宮城に無知蒙昧の愚かなる参賀の民は「君が代」などと口ずさみ蛙の面に水の如内輪もめ犬さえ食わぬ夫婦喧嘩に劣る茶番劇場内は蛸壺の中にしけこむ偏屈の思いを晒す修羅場の日々大地震に大津波あまつさえ原発の放射能禍目に見えぬ毒気の広がり日本列島沈没の一歩手前にて背水の陣崖っぷちに佇みて驚き呆れる小松左京黄泉の国へ紛れ込み空の果てより遥かにもこの列島の崩れかけし乱れし様を冷ややかな尾白鷲の目で鳥瞰す花札賭博に競馬競輪競艇の借財に苦しみオレオレ詐欺に闇バイト蔓延し故なく殺さる老人の末路も哀れギャングが如き若者が幅きかせ独裁的に世にはびこりてやりたい放題放埒に振る舞うはトラトラトラ真珠湾波高くしてトランプのババ抜きゲームにのめり込み不純交遊慰謝料の裁判問題棚に上げ議事堂乱入の罪をも認めずに赤毛打ち振り帳消しに蛙顔して「アメリカファー

スト」さけびつつ無茶な関税掛け続け他国を閉め出ししたり顔を決め込むはウクライナを憎みいる怪僧ラスプーチンの末裔のプーチン他国へ攻め入りて残虐非道の振る舞いにデーモン面ししネタニヤフ悪友仲間に同調しゴザの住民追い立ててロケット砲にて人殺しどこまで続くか泥沼に血みどろの屍積み重ね独りよがりに笑いつつわが世の春を謳りいつる殺人鬼どもが蔓延《はびこり》つ天皇の息の掛かりたる勲章などにめくらましかけられもせず抵抗の大岡昇平・武田泰淳・梅崎春生・堀田善衛・大江健三郎など亡くなりてヤマトの良心遠ざかるトランプ・プーチン・ネタニヤフ・リトルロケットマンのデブ男　闇闇闇の蟻地獄　人殺しの戦争やめさせられぬ国連の無力憂いて八十年嗚呼この混沌の地球何処へいくか　クオ・ヴァデス・ドミネ　クオ・ヴァデス・ドミネ
　クオ・ヴァアバデス・ドミネ　何処へ行くか難破船　地球破滅に数分の猶予もなくて瞬間に火の玉に化す剣呑な星なるべくか　くわばらくわばら

「羽生村」の「与右衛門」というのが、わずかな手がかりになったのだが、母親には全く心当たりがなく、調べようにもすべがなかった。ある時、彼女は七二会にある菩提寺・証城寺の和尚を訪ねて、息子が倒れていたことから始めて、その後の経緯を説明したところ、古文書に詳しい和尚が古い文献に当たってくれることになった。

「はっきりしたことは分からないけれども、多分お子には、何かの霊魂が紛れ込んだのかも知れないな」と和尚は言った。「正体が分かりさえすれば、除霊することはできますよ」

「とにかく、よろしくお願いいたします」と母親は泣きながら和尚に頼んだ。医師に匙を投げられてしまったので、彼女は和尚に頼るよりないのだった。

証城寺の和尚はいろいろな文献に当たってみた。なかなか手がかりはなかったが、一月も過ぎるうちに半ば諦めかけた時、『日本奇談逸話伝説大辞典』（勉誠社刊）という書籍の中で、「累《かさね》」という女性の話に「羽生村」の「与右衛門」というのが出ていたのであった。それには、江戸時代の寛文十二年（一六七二年）正月四日に下総の国岡田郡羽生村で起こった事件が記されている。その事件のおおよそは次のようなものであった。祐天寺の祐天上人（一六三七年～一七一八年）は霊験あらたかな名僧であったが、「羽生村」で起こった農婦「累」の憑霊事件に関わって怨霊との壮絶な闘いがあったという。百姓与右衛門は、累という女（左目が見えないだけでなく、腕と足に障害のある醜い女である上に、性格も偏屈でひねくれていたという）の財産に目をつけて入り婿したが、累の醜さと根性の悪さに耐えられずに、収穫したばかりの苅豆を背負わせたまま彼女を鬼怒川に突き落として殺してしまった。文献の記述によれば、「男もつづいてとびいり、女のむないたをふまえ、口へは水底の砂おし込み、眼をつつき咽をしめ、忽ちせめころして」しまったとある（「死霊解脱物語聞書」）。莫大な資産を手に入れた与右衛門は、何食わぬ顔で後妻を迎えるが累の怨念に取り憑かれた新妻は早死にしてしまう。その後与右衛門が性懲りもなく次々にめとった数人の妻も累の怨霊に取り憑かれて早死にを免れなかったが、六人目の妻に、ようやくかわいらしい女の子が生まれ、「お菊」と名付けられる。与右衛門はこの娘をかわいがり、大切に育てていた。間もなく母親は死霊のために悶死してしまったが、お菊だけは無事に成長していた。

それから十四年過ぎて、事件のほとぼりが覚め、半ば忘れられ掛けた時に、お菊は同じ村の金五郎を入り婿として迎えた。これで一家は幸せになるはずであったが、しばらくして、突然お菊が口から泡を吹き、ひとしきり泣きわめきながら倒れ、意識不明になった。やがて気がついたお菊が、父の与右衛門を睨み付け、「われは川にて汝にあやめられし累なり」と叫んだ。彼女の形相は、普段のおとなしいお菊の顔とは思えないほど険悪なものであった。

与右衛門は、「ああっ」と叫んだまま腰を抜かしてしまい、二の句も告げなかった。

この時、累の死霊がお菊にも取り憑いてしまっていたのだった。金五郎は怖れおののいて家から逃げ出し、与右衛門も震えながら近くの寺に籠もってしまう。

累の霊は「はやくたすけよ、はやくたすけよ」と言いながら、鬼怒川の砂と水を使ってお菊を責め続けた。

しばらくして、与右衛門は娘のお菊を不憫に思い、寺からそっと家に戻り、何としても彼女を助けようとするが、お菊の苦しみを癒やすことはできない。それどころか、夜ごとにお菊の面相に、醜い累の容貌が浮かんできて、「うらめしや、われは汝にあやめられし累なるぞ」と唸るように訴えた。

与右衛門は、お菊の前に土下座して、「まことにすまないことをした。しかしながらお菊には罪はない。どうか許されよ」と懇願するが、死霊はお菊を放さないのだった。彼は眠れなくなり、恐れおののくばかりでどうすることもできなかった。

村人たちの間にも、噂が噂を呼び、この恐ろしい話が広がり、村中が大騒ぎになる。取り憑いた死霊をお菊の体から取り除こうと、村人たちも除霊に取り組み、近隣から祈禱師や巫女を呼んできて、加持祈禱を試みるが、一向に効果がなかった。

たまたま修行中で隣村にいた僧・祐天がその噂を聞きつけ、除霊のために羽生村を訪れた。祐天は修行で身につけた法力を用いて念仏を唱えながら死霊調伏に奮闘するが、累の死霊はなかなか除けなかった。最後に思いついた方法で、お菊自身にも念仏を唱和させせようとするが、それにも失敗してしまい、お菊に取り憑いた累の霊が頑強に抵抗して、お菊から離れようとしない。仕様がなく、祐天は荒いやり方でお菊の髪の毛をわしづかみにして部屋中を引き回し、阿弥陀仏の助けを乞おうと試みる。こうして、祐天は様々な法力を用いて累の怨霊と死闘を演じ、ついにお菊の体から累を引きはがすことに成功した。

この話の中では、お菊と累のことは詳しく明かされているのだが、原因を作った与右衛門についての記述はほとんどない。累の怨むべき対象は、むしろ彼の方であったはずなので、一説では、菊から離れた怨霊が与右衛門に取り憑いたとしているものもある。彼は四六時中死霊にさいなまれ、一睡もできずに錯乱して、ついには累を殺した鬼怒川に入水して果てる。その口の中には川の底砂がぎっしりと詰まっていたといわれる。恨みをはらした累の死霊は、川の流れに清められ、慰められる。残されたお菊は三ヶ月ほど泣き続けていたが、その後村人たちの勧めがあって、父や累を含む不幸な妻女たちの慰霊のための祠を川縁に建てて弔った。

七二会の証城寺の和尚は、憑霊の正体が江戸時代の農夫のものであることまでは理解したが、除霊の方法については分からなかった。憑霊の原因が謎のままなので、なぜ直樹少年に時間的にも地理的にもはるかに隔たった死霊が飛んできたのかが理解できなかった。世にも奇怪な現象にしても、何らかの因果関係があるはずだろうと、和尚はいろいろと考えた。今から三百年も以前の下総の国で起こった事件と、直樹との関係が何なのか、和尚は思案するばかりで、数ヶ月足踏み状態のまま先には一歩も進めなかった。

悩み抜いた末に、和尚は意を決して、事件の起こった現場を訪ねてみることにした。

事件のあった下総の国岡田郡羽生村は、今は茨城県水海道市羽生町になっていた。町に入るとすぐに、和尚は累が投げ落とされて悶死した川も鬼怒川と特定でき、その川の西岸にある古い祠も視認することができた。羽生町界隈はのどかな農村地帯の中にあり、まがまがしい殺人事件のあったことをうかがわせるようなものは何もない。ただし、この事件はかなり有名なものなので、「累ヶ淵」として、いわゆる心霊スポットにもなっていた。伝説には諸説あるらしく、人物の名前が微妙に違っていたりすることに、和尚は気付かされることになる。例えば、与左衛門が与右衛門になっていたりするのだった。くだんの羽生町に、法蔵寺というお寺があり、その山門に架かっている看板の一番上には、「かさね寺」と書かれている。山門をくぐると、すぐ横には「累様、助様、菊様」のお墓があった。和尚は累と菊については知っていたが、「助」という人物については分からなかった。そこで、和尚は法蔵寺の住職に会って、詳しい話を聴くことにした。寺の老住職は、小柄で温和な感じの人だった。和尚はかいつまんで来意を伝え、事件について詳しいことを尋ねてみた。それによると、話は次のようになる。江戸幕府が開かれて間もない慶長年間、下総国岡田郡羽生村に与右衛門という農民が住んでいた。与右衛門は裕福だったが、妻に先立たれて寂しげにしていた。それを不憫に思った親戚の者が、お杉という未亡人を紹介し、二人は再婚することになった。お杉には助《すけ》という体の不自由で醜い連れ子がいたのだが、与右衛門はこの助を遠ざけ、ことごとにつらくあたっていた。母のお杉は、与右衛門に嫌われたくないために、慶長十七年（一六七二年）助を鬼怒川に落として、殺してしまった。その後、与右衛門とお杉は幸せに暮らし、やがて女の子が産まれ、累《るい》と名付けられたが、その容姿は助とそっくりで、とても醜い娘であったと言われている。村人たちは、いつの間にかいなくなった助と「かさねて産まれてきた」ようだと噂して、「るい」ではなく、累《かさね》と呼ぶようになった。

やがて与右衛門とお杉は相次いで亡くなったが、ある時、累は、行き倒れになっていた他国者を助け、婿に迎えた。二代目与右衛門となったこの男は、広い田畑などを所有し、かなり裕福な累の資産を狙っていた。次第に醜い累を邪険に扱うようになり、ある日畑仕事の帰りに苅豆の束を背負っていた累を鬼怒川に突き落とし、みずからもそれに続いて川に飛び込み、累の目をつぶし、首を絞め、口に水底の砂を押し込め、残虐に殺してしまった。

その現場は、累の母・お杉が助を殺したのと、同じ場所であったと言われている。累の田畑や遺産を手に入れた与右衛門は、やがて次々に四人の女を娶るが、全て若死にしてしまい、ようやく五人目の妻にできた子供であるお菊だけが無事に生長した。与右衛門はお菊を溺愛し、いつくしみ育てていた。そして、お菊が十四歳になった年の師走に、同じ村に住む金五郎という男を婿に迎えた。ところが、寛文十二年になり、お菊は突然昏倒してしまう。

「たちまち床に倒れ、口より泡ふき、両眼に泪《なみだ》ながし、あら苦しやたへがたやと泣き叫びつ」と古文書にある通りに、お菊の苦しみは想像を絶するほどのものだったようである。

与右衛門が「汝、菊は狂乱するや」と尋ねると、お菊の顔が突如累の顔に変わり、

「われ、菊にはあらず、汝が妻、累なり」と叫んだ。

与右衛門は恐れおののき、言葉を失ったと言われる。

この日から、お菊の狂乱は続き、入り婿の金五郎はあわてふためいて屋敷を逃げ出してしまい、与右衛門は自身の過去の罪業を悔いて、苦しんだという。お菊の病気がようやく治った頃、与右衛門は累の亡霊が祟ったのだと信じ、髪を剃って仏門に入り、死者の供養につとめたと伝えられている。


「ざっと、こんな話が伝わっておりますが、異説も多く、真実のほどはよく分からないところもあります。例えば、六人の妻というのも、一説には六人のこどもとあるのがあります。いずれにしても、お菊だけが生き残ったようで、あとの妻子は死んでいるようです。伝説には尾ひれも付きものですから、今となっては本当のことは分かりかねますね」と住職は語った。

「文献では与左衛門と記録されているものもありますが、この与左衛門と与右衛門は同一人物でしょうか」

「はあ、それもはっきりしていません」

「与右衛門は、その後入水自殺したという文献もありますが、これはどうですか」

「いや、寿命を全うしたらしいことを書いているものが多いようですがね」

「そうですか」と和尚は言った。しばらくなにかをさぐるかのように沈黙してから、少し話題を変えた。「ところで、実は与右衛門の憑霊に苦しんでいる若者が私の知り合いの家にいて、その除霊を頼まれているのですが、このような例は他にあるのでしょうか」

「聞いたことはありませんな。それは、今現在の話ですか」と住職は驚いたように聞き返した。

「そうです」。和尚は直樹の事例を詳しく住職に伝えてみた。

「それはそれは希有な話で魂消ました。普通は女の霊が女に憑くのですが、男の霊が男に憑くとは、まさに初耳ですよ」

「しかも、変なのは、その因果関係が分からないことなのです。茨城の話がなぜ長野まで飛んでしまったのか。与右衛門の恨む対象は誰なのか不明のままですので、除霊の方法も確立できません」

「それはお困りですな」

「それで、伝説の現場に来れば、何かヒントがあるかも知れないと思ったのです」

「遠路おいで下さり、まことにご苦労様でした」。住職は何か考えていることがあるらしく、しばらく言葉をつぐんでいた。寺の裏山の方から風に乗って鶯の鳴き声が下りてきた。

「何でも結構ですので、どうか手がかりになるようなことがあれば教えて下さい」

「一つヒントらしきものがあるとすれば、与右衛門の墓石の一部が持ち去られているという事実があります。彼も不幸な男でしたが、ある意味では貧乏人が累の遺産をものにしたことでは艶福の神みたいな存在でもありましたから、昔からそれにあやかろうと男たちが与右衛門の墓石をを砕いて持ち去る例が後を絶たないのです。そのために墓石は無残にもぼろぼろです」

「あやかるどころか、与右衛門の恨みをかってしまうことになるかも知れませんね」

「それですよ。私も懸念致して居ります。で、その若い人か家族、先祖のどなたかに、かつて墓石を持ち去った事例がないかどうかですね」

「そうですか。調べてみる価値はありますね」。和尚は一息ついた。

「しかし、それだけのことで怨霊が憑くとは考えにくいですな」

「とすると、ほかに何かありそうですか」

「それは、分かりませんな」と住職は答えた。「ただ、茨城から長野へと飛んでいるのは、霊は言ってみれば身軽ですから、あり得ないことではありませんよ」

「その通りですが、因果関係が見えてこないのです」

「今考えついたのですが、長野と言えば善光寺ですな。与右衛門が自責の念に駆られて出家しているので、ひょっとするとその霊が善光寺に飛んだのではありませんか。当時は善光寺信仰が盛んな時期でして、善光寺講などというのもありました。とりわけ仏門に帰依した者ならば、善光寺は一生に一度は訪れたいと思うのは自然なことでして、生前に果たせなかった場合は、死後に魂があくがれて舞い飛ぶのかも」

「はあ、それは気付きませんでした。とても参考になります」

「善光寺に舞い降りた霊が力尽きかけて、たまたまそこに居合わせた若者に取り付いてしまったのかも知れませんな」

「なるほど」

「つまり、そのケースでは、いわゆる怨霊ではなくて、ただの死霊なのでしょうよ」

「そうですか。それなら因果関係はなくてもいい訳ですね」

「死霊を除霊するのは、そんなに難しくないはずです」

　法蔵寺から、鬼怒川へと抜ける道はせまく、半ば草木に覆われていた。薄曇りの空を鴉の群れが鳴き交わしながら飛んでいる。よく見ると、一羽の鳶を鴉が追いかけているのだった。鴉に突かれている鳶は、急降下と急上昇を繰り返し、執拗な攻撃から逃れようとしていた。「ああ、生きとし生けるもの、みな日々に安泰とはいかぬものなのだな」と和尚は呟いた。

「恨まれたり、恨んだり、嫉まれたり、嫉んだり、虐められたり、虐めたり」。稲穂の連なる水田の広がりの彼方に数軒の民家が見えた。平穏無事を絵に描いた風景であった。かつてはこの辺りを荊豆を背負子に背負った累が通り過ぎていたのだろう。その時、彼女はごく普通の農婦としての営みに体をゆだねていたのであった。もしも、彼女が性格のよい美しい女であれば、この伝説にあるような恐ろしい事件は起こらなかったのだ。和尚は帰り際に「累ヶ淵」に寄ってみた。鬼怒川の水面は茶色に濁り、いくつもの渦を巻いていた。二人の命を飲み込んだ伝説のある川として眺めれば、その水は和尚の目にはとてもおどろおどろしいものに見えた。

事件が起きてから、三度目の冬がめぐってきた。二月の三日の寒い日の事だった。連日の降雪で、山本家の菩提寺・証城寺の山門も、道も、雪で半ば埋まっていた。時折突風が吹くと、杉の並木の梢や山門の屋根から、粉雪が舞った。朝陽に照らされて、それが銀色に輝いた。何処かで鴉が鳴いている。北から飯綱颪が山道を吹き抜けた。

恐ろしい白魔の襲来だった。

　その頃、母親に伴われて直樹が山門をくぐった。正気に返った後も、直樹は意識がぼんやりしていた。しばらく寝たきりだったこともあり、彼は足腰が弱っていたので、母親に寄り添ってもらわなければ、真っ直ぐには歩けなかった。二人は、雪道を蹌踉けながら寺の建物に近付き、和尚の出迎えを受けた。

「待っていたぞ。汚《けが》れを払うには格好の日よりだでな」と和尚が言った。

「新しい人生の門出にふさわしい」。直樹は黙って立っていたが、母親が和尚に頭を深々と下げて挨拶していた。「とにかく、よろしうお願いします」

　本堂の奥に招き入れられた親子は、巨大な金ぴかの如来像のそばに座った。

　和尚は火鉢に護摩を焚き始め、その煙が、直樹の体を包むように動いた。青黒い煙が、直樹を隠した。和尚は、瞑目して横になるように直樹に命じ、大小の鐘《りん》を叩きながらお経を唱えだした。少し離れた位置に、母親は座を移した。

　その手には真珠の数珠が握られていた。

　その時、奥の座敷の襖戸が開いて、丈ながの白装束をひるがえすようにして、如来を仰ぎながら色黒ぎょろ目の男が現れた。

「この者は、決して怪しい者ではない。わしの手伝いをしてくれる黒川という畳屋の倅だ。墓掘りや棺桶担ぎもやってくれる力持ちの男だ」と和尚が紹介した。

黒川は挨拶もせずに如来の前から狼の仮面をとりあげて被った。狼が直樹を見下ろしている。

和尚が鐘《りん》を黒川に渡した。

「いいかな、リズムよく打つのだぞ。わしが木魚をボクと打つから、直ぐにおまえは鐘をチンと叩くのだ。そしてな、五回目は、ボク・チン、ボク・チンときて、チンをもう一回打つのだ。つまり、ボク・チン、ボク・チン、ボク・チン、ボク・チンときて、ボク・チン・チンとやるんだ、分かったかな」

「分かりやした」と黒川が篭もりがちの小さな声で答えた。

和尚が木魚を叩くと、それに合わせて黒川が鐘《りん》を打った。木魚と鐘の音が交錯して、本堂の木組みの高い天井に響き渡った。和尚はしわがれ声でお経も唱えだした。

直樹は黒川の狼の面を避けて、薄目を開けながら仏像を見上げた。護摩の薄煙を受けて、大仏が笑っているように見えた。

ボク・チン、ボク・チン、ボク・チン、ボク・チン、ボク・チン・チンがくり返された。

和尚のリズムが、次第に速くなるようだった。

やがて、直樹はひどく咳き込みはじめ、首に手を添えるようにして、苦悶しているようだった。体中が痙攣して、口からは何か黄色い汁のようなものを吐き出した。汁には表面に白い泡が吹き出ていた。

和尚は母親に命じて、直樹の吐瀉物を器に受けるように指示した。小一時間、和尚のお経に合わせて、直樹は吐いた。息も絶え絶えになり、「た・た・た・助けてくれ」と彼は叫んだ。

母親も心配になり、和尚にお経を中止するように懇願した。なぜか和尚は読経を止めなかった。狂ったように激しく木魚を叩き続けた。狼の黒川も必死になって鐘を叩いた。

間もなく黒川が直樹に馬乗りになって、白い払子《ほっす》のようなものを振りかざしながら、獣のような唸りを上げた。次の瞬間、狼の口が直樹の喉笛に噛みついていた。

「た・た・た・助けてくれ」と彼は叫んだ。「殺される」

和尚と黒川は調子を合わせて木魚と鐘を叩き続けた。

庭の雪原を白い狐が横切った。狐のかき立てる粉雪が煙のように散り、それを見かけて、にわかに母親が失神して、息子の傍らに倒れ、護摩の煙にむせかえっていたが、それでも、息子の吐瀉物は零さないようにしていた。息子の方はわなわなと痙攣しながら汗を大量にかいた。その様は全身に水を浴びたようになり、上着もズボンもずぶ濡れになった。

山門の方角から、数羽の鴉がけたたましく鳴き交わす声が聞こえてきた。しばらくして、お経と木魚と鐘の音が途絶え、黒川が払子を投げ捨て、如来の裏側に消えた。

母親は意識を戻し、過呼吸になったひとのように、何度も息を吐いた。するど、和尚が母親の持っている器を調べ始めた。黄色い汁の周りに白い泡が動いていた。

「これだ」と和尚が叫んだ。その手には豆粒ほどの、薄ねずみ色の石のかけらが載っていた。

了

（以上は「死霊解脱物語聞書」から引用したものを元にして、山本が多少の脚色をしました。また、擬古文形式の文章は、あえて現代仮名遣いに改めました。）

あとがき

三作の中、二つの作品は、対照的な内容です。

表題作は、私の卒業した長野県の松代町東条に現存した中学校《現在は統合されて松代中学となっています》とその生徒や先生を主なる登場人物としていますので、かなりリアルな内容ですが、「鈴木伍長の最期」という作品は、全くのフィクションです。ただし、共通するテーマは第二次世界大戦に関わる戦争責任の問題です。第三の作品「累ケ淵」は、他の二作とは違い、古文書からの引用と私の想像とがまじり合った内容になっています。

著者プロフィール
山本 直哉（やまもと なおや）
1935年東京都生まれ。長野県在住。

長野県屋代東高校卒、横浜市立大学（文理学部文科国文学科）卒。

元長野県立高校教諭。

第1回草枕文学賞佳作入選「酔眠」、第13回日本海文学大賞佳作入選「シライへの道」、その他、信州文学賞、長野文学賞など受賞。

長野ペンクラブ所属。

著書『葡萄色の大地』（有朋舎）、『黄昏の松花江』（近代文芸社）、『満洲棄民の十ヶ月』(美研インターナショナル、『松花江を越えて』（信濃毎日新聞出版部）、『長春　追憶の日々』（文芸社）

ジョンガラリーノジョンガラリー

2025年4月15日　初版第1刷発行

著　者　山本 直哉
発行者　瓜谷 綱延
発行所　株式会社文芸社
〒160-0022　東京都新宿区新宿1－10－1
電話　03-5369-3060（代表）
03-5369-2299（販売）

印　刷　株式会社文芸社
製本所　株式会社MOTOMURA

ISBN978-4-286-26370-0